MINECRAFT 我的世界 ㉔

史蒂夫冒险系列

末地城之旅

[美] 温特·摩根◎著

孙玮◎译

时代出版传媒股份有限公司
安徽科学技术出版社

Encounters in End City by Winter Morgan
Copyright © 2017 by Skyhorse Publishing, Inc.
Published by arrangement with Skyhorse Publishing
中文简体字版权归上海高谈文化传播有限公司所有

［皖］版贸登记号：12181859

图书在版编目（CIP）数据

末地城之旅 /（美）温特·摩根著；孙玮译 .—合肥：
安徽科学技术出版社，2020.3
（我的世界·史蒂夫冒险系列）
ISBN 978-7-5337-8048-7

Ⅰ．①末… Ⅱ．①温… ②孙… Ⅲ．①儿童小说—幻想小说—
美国—现代 Ⅳ．① I712.84

中国版本图书馆 CIP 数据核字（2020）第 027081 号

MODICHENG ZHI LÜ
末地城之旅

［美］温特·摩根 / 著
孙玮 / 译

出 版 人：丁凌云　　　　　选题策划：张 雯 郑 楠　　责任编辑：张 雯 程羽君
特约编辑：唐思敏 沈 睿　责任校对：王 静　　　　　　责任印制：廖小青
封面设计：叶金龙
出版发行：时代出版传媒股份有限公司　　http://www.press-mart.com
　　　　　安徽科学技术出版社　　　　　http://www.ahstp.net
　　　　　（合肥市政务文化新区翡翠路 1118 号出版传媒广场，邮编：230071）
　　　　　电话：（0551）63533330
印　　制：合肥市华丰印务有限公司　电话：（0551）66773933
（如发现印装质量问题，影响阅读，请与印刷厂商联系调换）

开　　本：635×900　1/16　　　印张：7.5　　　　　字数：150 千
版　　次：2020 年 3 月第 1 版　　2020 年 3 月第 1 次印刷

ISBN 978-7-5337-8048-7　　　　　　　　　　　定价：19.00 元

目　录

第 一 章　　毕业前夕 / 1

第 二 章　　突击考验 / 9

第 三 章　　分派任务 / 15

第 四 章　　越狱者 / 23

第 五 章　　险象环生 / 28

第 六 章　　返校汇报 / 34

第 七 章　　再次越狱 / 39

第 八 章　　期终考试 / 44

第 九 章　　进入末路之地 / 51

第 十 章　　危机重重 / 57

第十一章　　冤家路窄 / 62

第十二章　　消灭末影龙 / 69

第十三章　　进入末地城 / 77

第十四章　　　信任危机 / 84

第十五章　　　末地船 / 90

第十六章　　　宣布结果 / 97

第十七章　　　毕业演讲 / 104

第十八章　　　难忘的回忆 / 113

第一章
毕业前夕

茱莉亚朝那间熟悉的宿舍走去，她在《我的世界》学校的这几年，一直把这里当作自己的家。可如今，她每次走进宿舍大楼，都会感到难过。即将到来的毕业，让她陷入了伤感。因为她喜欢这所学校，毕业以后，她一定会想念这里的。虽然她知道她应该在家乡冰原群系度过一生，但她就是喜欢当一个学生，和她的两个室友米娅和艾玛待在一起。

茱莉亚走进她们的宿舍，大声问道："米娅，你准备好了吗？"

米娅站在壁橱前，把工具包里多余的物品放进壁橱里，回答道："准备好了。我想想就兴奋，真不敢相信，农场竟然真的建成了！"米娅一边说，一边关上了壁橱门。

"为了这个农场，你真是太辛苦了。"茱莉亚笑着说。

"都是史蒂夫的功劳，"米娅解释道，"他确实是个好老师。自从我掌握了农业方面的新技能，已经有好几个人联系我，想请我去帮他们建造农场了。"

"可你怎么抽得出时间呢？"茱莉亚问，"我们还有作业要做。"

"我们的校园生活很快就要结束了，毕业后我就会开始工作，"米娅说，"我很期待农场的工作。"

茱莉亚不明白米娅为什么一心想着快点毕业，然后做个农民。在茱莉亚看来，如果有机会延长在《我的世界》学校的学习时间，她一定会多待几年，她还不想这么快就离开学校到主世界去生活。不过茱莉亚还是很为米娅高兴，她欣然说道："哇！你可真厉害！真不敢相信，你刚毕业就能收到工作邀请。"

"都是一些很简单的工作，"米娅谦虚地说，"不过这是一个好的开始。"

"我还不知道我毕业以后要做什么，"茱莉亚说道，"说心里话，我不想毕业，我肯定会想念在这里的生活，想念你和艾玛，还有卡拉。"

艾玛正好走进来，听到了她们的话，她也有同样的想法，于是说道："我也这样觉得。我肯定会想你们的，跟你们住在一起太开心了，而且我们一直都合作得很默契。"

艾玛话音未落，卡拉突然冲进宿舍，跟她一起进来的还有布拉德。

"姐妹们，我们要迟到了。"卡拉说。

"我们可不能让史蒂夫失望。"布拉德对她们说，"我觉得，他会希望剪彩的时候我们能站在他身边。"

米娅朝窗外看了看，说："农场那儿聚集了好多人，我们得快点了。"

几个人一路飞奔，刚好在开幕典礼开始前赶到了农场。史蒂夫正大声对围观的人群说："有没有人想跟我一起剪彩？"

米娅看着艾玛说："我们来得正是时候。"

她们钻进人群，朝史蒂夫挤去。茱莉亚看到她跟布拉德一起搭的棚里长出了好多巨大的红蘑菇，不由得庆幸自己当初听了米娅的建议——成为了农场的志愿者。

史蒂夫说："我宣布，学校农场正式建成！我为你们骄傲，而且我们迎来了第一次大丰收，必须得庆祝庆祝。今天晚上，我们将在大草坪上用我们自己种的农作物举办一场盛宴来招待大家。欢迎所有人都来参加，和我们分享收获的喜悦！"

大家欢呼了起来，当史蒂夫再开口的时候，大家又马上安静下来。"我还有一件事要宣布。今年是我在《我的世界》学校的最后一年，我很高兴能在这儿做客座教师，但现在我必须回我的小麦农场去了。"

露西站在史蒂夫的身边，说："《我的世界》学校有你真好，我真心希望你很快又会回来跟我们待在一起！"

听到这些话，史蒂夫笑了。他剪断了红色的绸带，然后邀请大家去参观种植园。

史蒂夫问几个志愿者："你们愿意留下来帮我准备晚宴吗？我要去种植园里采摘我们种的农作物。"

几个学生同意了。于是，人群散了以后，她们就留下来收集土豆、胡萝卜、苹果和其他农作物。

艾玛站在蘑菇前说："真高兴我们终于有蘑菇吃了，从蘑菇岛回来以后，我做梦都想吃蘑菇。"

"等我们毕业了，你可以来蘑菇岛看我。"卡拉提议。

茱莉亚问："我能去吗？"

"当然，我欢迎你们每个人。"卡拉说，"你们去过我家，知道我家有足够的地方，可以住下咱们所有人。"

茱莉亚很开心，因为学校里的朋友愿意跟她继续保持联系。不过她也知道，毕业后要保持联系是相当困难的。

很快，桌子上便堆满了水果和其他食物。史蒂夫招了招手，示意他们可以休息了，他说："我觉得这些已经足够了，今晚的宴会一定盛况空前。"

史蒂夫说得没错，当晚的宴会的确非常热闹，每个人都吃得很开心。史蒂夫和其他老师一起烤鸡肉、烤牛肉，做曲奇饼和蛋糕。艾玛朝茱莉亚走过去，看到她盘子里的食物堆得像小山一样，感叹道："真是一场盛大的宴会！"

茱莉亚吞下一口鸡肉，说道："是啊，在种植园忙了这么久，用这种方式来庆祝真是太棒了。"

米娅和史蒂夫也走了过来。史蒂夫笑着说："我还不想让这场盛宴就这么结束。"

米娅把露西叫了过来，问她："我们能把宴会常态化，每年举办一次吗？"

"这个主意很不错。"露西回答。

"太好了，"米娅说，"想想看，就算我们不是这儿的学生了，大家也会为农场举办庆祝活动，这感觉真好。"

尼克和杰米走了过来。尼克问："我们干得还不错，是吧？"

"宴会太棒了！不过这并不都是我们的功劳，很多人都出了力。他们还准备以后每年举办一次，把这个活动变成传统。"米娅说。

"哇！"杰米叫了起来，"那可真是太好了。"

茱莉亚试着想象全体新生在一起享用美食的场景，那感觉真是太美好了！她抬头望着天空，太阳已经开始西沉了，她知道，这场盛宴很快就要结束了。

大家都三三两两地聚在了一起。露西趁这个时候大声说道："在宴会结束之前，我还有一件事要宣布。"

大家朝露西靠拢过来后，她宣布道："大家都知道，马上就要举行毕业典礼了。我们要选一个学生代表，赋予他一个光荣的使命，那就是在典礼上致辞。这个人选对学校来说意义重大，所以我们要选一位最能代表学校理念的学生来担此重任。"

一个学生问："那要怎么选呢？"

露西回答："问得好，我们会举行一些竞赛，来评估同学们的表现。"

　　一听到"竞赛"这两个字，茉莉亚就开始胃疼了，甚至后悔刚才吃了那么多鸡肉。茉莉亚不喜欢竞赛，参加一场《我的世界》奥林匹克大赛，就发生了那么多事，她实在没心情再参加竞赛了。

　　"什么样的竞赛？"茉莉亚问。

　　"我暂时不能跟大家细说，明天早上吃完饭后，我会开一次全体学生大会，向大家说明一切。现在可以透露的是，除了评估大家在竞赛中的表现外，我也会考虑大家在《我的世界》学校里的整体表现，还有你们跟别的同学合作的情况。大家都知道，我们学校非常看重团队合作能力，要是谁能证明自己有这个能力，我就会把他列入优先考虑的范围。今天就说到这儿，明天我再接着说。"露西说完，跟大家道了晚安。

　　这个时间，大家本该回去了，但露西在宴会最后宣布的这件事让大家耽搁了一会儿。大家都忙着讨论应该选谁来当学生代表，忘记了时间，直到尼克突然喊道："小心！"

　　这时大家才发现，一支骷髅大军攻入了校园。

第二章
突击考验

两个骷髅就站在离茱莉亚几步远的地方，一波箭雨朝她袭来。她都来不及穿盔甲，甚至连剑都没拔出来，利箭已经射进了她的胳膊。茱莉亚惨叫一声，赶忙打开工具包去拿剑，刚摸到剑柄，另一只胳膊也被箭射中了。慌乱之中，她的剑掉在了地上。

一个僵尸突然出现，拖着脚步去够地上的剑，茱莉亚不想让僵尸拿到那把剑，因为她知道，如果一个武装起来的僵尸和一个骷髅联手，那她根本没有胜算。

茱莉亚奋力扑向地上的那把剑，把它捡了起来。手里有了武器，她瞬间充满力量。她奋力挥剑，砍中了那个僵尸，锋利的剑刃切开了僵尸的腐肉。她屏住呼吸，免得闻到那股恶臭，然后向僵尸又砍了三下，消灭了它。就在这时，两支箭朝她射了过来。她敏捷地躲开了，接着一个箭步朝那两个骷髅扑了过去，铆足力气把手里的剑刺入了其中一个骷髅的骨架中，造成伤害之后，她又迅速攻击另一个骷髅，将其击退。看到两个骷髅都受伤了，她顿时信心大增，觉得自己胜券在握。但就在这时，她忽然感到背上一阵刺痛——一支利箭消灭了她。

茱莉亚醒过来的时候，发现自己在宿舍里重生了。她赶紧呼唤室友，但宿舍里静悄悄的，没有人回应她。

茱莉亚往墙上插了一支火把，然后快速跑到窗前，朝窗外的校园看。窗外一片漆黑，但她还是能看到三只苦力怕悄悄地挪到了米娅和艾玛的身后。她想提醒她们，可已经来不及了。茱莉亚眼睁睁地看着那几只苦力怕爆炸，消灭了她的两个室友。

"茱莉亚！"艾玛在她的床上重生后，喊了一声。

"怎么回事？"还没搞清楚状况的米娅问道。

"你们被苦力怕消灭了。"茱莉亚告诉她。

米娅坐了起来："天亮前我们要待在这儿吗？"

艾玛睡眼惺忪，迷迷糊糊地问："我们是不是应该出去帮他们？"

这时，她们听到校园里有人在喊："都回你们的房间去，天亮前别出来。我重复一遍，所有人都待在自己的房间里！"

"那是露西吗？"米娅问。

"我觉得是。"艾玛说。

茱莉亚爬回床上，给自己盖上了一条蓝色的毯子，跟朋友们道了晚安。但想睡着却没那么容易，茱莉亚总是不由自主地去听窗外战斗的声音。两个室友也都醒着，警报声不停地提醒她们，怪物就在附近。但露西说得很清楚，所以她们决定无视那些警报。

虽然露西让学生们都回宿舍了，但茱莉亚知道，仍然有人在跟大草坪上的怪物对战。茱莉亚想尽快睡着，甚至还数起了绵羊，但都没有用，折腾了好久，她仍然非常清醒。

"你们觉得这会不会是露西给我们的考验？"米

娅问。

茱莉亚疑惑地问道："什么意思？"

"露西故意在傍晚宣布那么重要的事，也许就是想看看我们在战斗中的表现。"米娅说。

"有道理。"艾玛说，接着她承认自己睡不着是因为战斗的兴奋劲还没过。

艾玛话音刚落，宿舍的门就被僵尸扯了下来，她们还听到了走廊那头卡拉的求救声。

"僵尸！"艾玛从床上跳了起来，迅速穿好了盔甲。茱莉娅和米娅也抓起剑，跟着艾玛冲出了门。

一个浑身散发着臭味的僵尸伸着两只爪子，准备向艾玛发动攻击。茱莉亚举起手里的剑，将那个僵尸砍伤了，随后又补了一剑，消灭了它。卡拉的呼救声一次比一次大，茱莉亚飞也似的跑过走廊，赶去救她。米娅和艾玛则留下对付剩余的僵尸。

僵尸们把卡拉宿舍的门扯了下来，闯进宿舍包围了卡拉。筋疲力尽的卡拉手握长剑，独自对付四个僵尸。卡拉寡不敌众，被僵尸们消灭了，重生之后她继续投入战斗。茉莉亚的出现让那几个僵尸吃了一惊，趁怪物还没缓过神，她挥剑刺向一个僵尸。这几个僵尸在和卡拉的战斗中损失了不少生命值，没有刚开始那么难对付了。茉莉亚从它们的背后攻击，把它们一一消灭了。

"谢谢。"卡拉说，"刚才太危险了，每次重生，我都得跟这些僵尸再打一遍，我一个人根本对付不了它们。"

"小心！"茉莉亚叫了起来。她看到两只苦力怕出现在了卡拉身后的壁橱里，于是飞快地把手里的剑换成了弓和箭，朝其中一只射去，使它们在攻击卡拉之前就爆炸了。

"哇！你又救了我一命。"卡拉向茉莉亚道谢。

"我们得马上造一扇新的门。"说完，茉莉亚从工具包里拿出木块，开始行动。

卡拉在茉莉亚旁边帮忙，她们合力将门造好了，卡拉说："我们俩配合得真默契。"

"的确如此。"走廊里响起了一个声音。

卡拉和茱莉亚一回头，吃惊地发现露西就站在客厅里。

"你们该上床睡觉了。"露西对她们说，"茱莉亚，回你自己的宿舍去吧。"

回宿舍的路上，茱莉亚想起了米娅的话——难道真的像米娅猜测的那样，这场夜间战斗其实是一场挑选学生代表的竞赛？如果这真的是一次考验，那赢的人会是她吗？

第三章
分派任务

茱莉亚端着早餐穿过食堂，卡拉问她："你不觉得很奇怪吗？昨天晚上露西竟然会出现在宿舍楼内。"

"我也觉得奇怪，"茱莉亚从盘子里拿起一块蛋糕咬了一口，说，"但是我觉得她只是来看看我们是否平安，这也很正常。"

"我觉得她肯定是在看我们怎么对付那几个僵尸。她现在肯定在考虑选我们俩当学生代表。"卡拉说。

"什么？"米娅问道，她刚好朝这张桌子走过来，听到了卡拉的话，"老师在考虑让你们当学生代表？"

"不是，"茱莉亚责备卡拉，"卡拉，乱说话会引发谣言的。"

"昨天晚上，露西出现在我的宿舍门外，看到我跟茱莉亚联手消灭了好几个僵尸。"卡拉解释道。

"那也不意味着你们就是学生代表了。"艾玛说。

茱莉亚又咬了一口蛋糕，说："我不希望我们成为竞争对手。还记得奥林匹克大赛吗？我可不想有谁为当选学生代表而破坏了我们的友谊。"

"我知道，"卡拉说，"不过我真的很想当学生代表。"

"我也是。"米娅说。

"我也一样。"艾玛说。

"你呢？"卡拉把目光转向茱莉亚。

茱莉亚梦见自己站在毕业班同学面前，跟大家讲她在学校里那些不可思议的经历，可她不想承认。她不想被她们知道，自从露西说了学生代表的事以后，她满脑子都在想这件事。茱莉亚很矛盾：她很想当学生代表，但她不想跟朋友们竞争。她站在那儿，一直没吭声，直到卡拉问她："你打算回答吗？"

"我想当学生代表，真的很想，可我不想跟你们竞争。要是有办法让我们一起上去发言就好了。"茱莉亚跟大家说。

布拉德走了过来，问："你们是在说学生代表的事，对不对？"

"你怎么知道？"茱莉亚笑了。

"你想当学生代表吗，布拉德？"米娅问。

"不想。"布拉德脸红了，"我只要一站在大家面前就会胆怯，我要是去当学生代表，肯定会表现得很糟糕。"

"好吧，至少我们不用跟布拉德竞争了。"艾玛说。

茱莉亚喝了一口牛奶，说："我觉得我们应该去开会了，听露西讲讲要怎么选学生代表。"

几个女孩穿过拥挤的食堂往外走时，灯突然熄灭了，茱莉亚迅速从工具包中掏出火把。就在这个时候，漆黑的食堂里出现了一个蜘蛛骑士。蜘蛛的红色眼睛发着光，背上的骷髅射箭刺穿了艾玛的左肩，第二支箭紧随其后。茱莉亚跳到艾玛身前，帮她挡下了那支箭。

布拉德熟练地套上盔甲，冲向那个骷髅，把它从蜘蛛的背上撞了下来。米娅也冲了过来，跟布拉德并肩作战。在布拉德用剑和药水攻击骷髅的时候，米娅消灭了蜘蛛。怪物被消灭了，但灯还没亮，同学们随时都可能再次受到怪物的攻击。

茱莉亚和其他同学一起朝出口走去，想走到外面的阳光下，但被两个末影人拦住了去路。那两个末影人正搬着方块，悄无声息地穿过食堂。其中一个末影人跟茱莉亚四目相对，然后发出了一声尖锐的号叫。

"茱莉亚，快跑！"米娅叫道。

末影人朝茱莉亚瞬移过去，但布拉德已经抓起了自己的水杯，跑到了茱莉亚身边。他把水杯里的水都泼到了那个末影人的身上。其他学生也加入战斗，很快就把那个瘦高的末影人消灭了。

灯又亮了，露西走进食堂，说："大家都到大草坪来开会吧。我要给你们划分小组。"

"小组？"茱莉亚问。

"我们可以在一个小组。"米娅说。

"不知道我们有几个人能入选。"艾玛说。

布拉德向她们坦白："我可不想跟你们一组。要是你们几个被选为学生代表，我就得和你们一起在全校人面前发言。"

"布拉德，"茱莉亚说，"你一定要试着克服对公开发言的恐惧。在大家面前演讲也是一项重要的技能。"

"我觉得克不克服对我来说没什么影响，我对自己的现状很满意。"布拉德不甘示弱。

"可是没准我能帮你克服呢。"茱莉亚说。

"我不想克服，每个人都有自己不想去面对的恐惧，是不是？比方说，你害怕什么？"布拉德问茱莉亚。

在去大草坪的路上，茱莉亚思考着这个问题。她害怕很多东西，可是当布拉德问她的时候，她的脑子里却是一片空白。她害怕失去朋友，"我不喜欢竞争。"她如实说道。

"我也不喜欢。"布拉德说。

露西招呼学生们都到大草坪上来，然后跟大家说："我真心希望你们都成为学生代表，但我还是得按照《我的世界》学校的传统来。根据传统，毕业典礼上只能有一个学生有这个荣幸发言。

"挑选学生代表的时候，我们不光要看学生们能否展现出他们在学校里学到的技能，还要看谁能真正理解团队合作的重要性。等我们把你们分成小组以后，你们要在接下来的几个星期里和你们的小组成员一起面对各种各样的挑战。老师们不仅会评估你们个人的技能和战术，还会评估你们和别人合作的能力。"

学生们都站在那儿，没有人说话。茱莉亚的心跳得很快，她一直都不喜欢分组，因为别人总是最后才想到邀请她加入。

露西说："现在我要选出几位组长。每个组长要挑选四名同学加入自己的小组。之后，老师们会给这些五人小组分派任务，你们要到主世界去完成这些任务。"

茱莉亚看着刚被选为组长的尼克在挑选组员。他第一个选了杰米，他在选第二个人的时候，一直盯着茱莉亚的方向，然后很快选好了剩下的组员。茱莉亚没想到，尼克直到最后也没有说出自己的名字。

露西接着喊第二位组长上台："卡拉。"

茱莉亚笑了，因为卡拉第一个就叫出了茱莉亚的名字，接着是艾玛、米娅和布拉德。听到自己的名字，布拉德不太高兴。

"我跟你们说过我不喜欢在大家面前讲话。"他压低声音对卡拉说。

"拜托，别让我们难堪，我们还要一起完成任务呢。"卡拉提醒他。

"没什么问题吧？"露西听见布拉德和卡拉在窃窃私语，于是问道。

"没有，"布拉德回答，"我正跟卡拉说谢谢她选了我。"

"不错，"露西接着给他们组分配了任务，"你们组去下界要塞寻宝。某个下界要塞里有很多装满了无价之宝的宝箱，你们要带着金马铠、钻石和地狱疣回到学校。回来以后，还要就这趟旅程写一份详细的报告，并在全校学生面前汇报。"

"这项任务有时间限制吗？"艾玛问。

露西回答："第一个回来的小组会被优先考虑，不过，我也说了，这并不是一场只考虑时间的竞赛。我们更重视的是团队合作，以及巧妙地解决问题的能力。我不想给你们时间限制，不希望你们因为赶时间而不能好好完成任务。"

露西又嘱咐了每个小组几句话，然后祝他们一切顺利。茱莉亚有些不高兴，因为别的小组分到的任务大都是去主世界的某个地区完成。主世界里，哪怕是沙漠群系都不会让茱莉亚感到不舒服，但是她害怕去下界，她的脑子里都是凋灵骷髅和岩浆怪攻击她的画面，以至于没注意到朋友们已经开始着手搭建通往下界的传送门了。

"你不去帮他们的忙吗？"露西问。

茱莉亚赶忙道歉，然后一边从工具包里拿出黑曜石，一边深吸了一口气。

第四章
越狱者

下界闷热且潮湿，紫色的烟雾挡住了茱莉亚的视线，以至于她看不到前方的烈焰人和恶魂正向他们飞过来。

"小心！"卡拉叫了起来。

茱莉亚急忙停下脚步，躲避着恶魂的攻击，险些因为站不稳而掉进了身后的岩浆里。

"看到火球过来不要躲，"艾玛大声喊道，"记住我教你们的办法——用拳头。"

茱莉亚把手攥成拳头，冲着第二个火球一拳挥去，火球反弹了回去，击中恶魂，把它消灭了。她握紧拳头，继续作战，布拉德和米娅则用弓箭对付烈焰人。直到视线内的怪物全被消灭，茱莉亚才松了口气。

"我看到远处还有一组人。"布拉德说。

看到有几个人好像正朝着下界要塞跑去。茱莉亚认出了那个组长，说："好像是尼克。"

"还有杰米。"布拉德说。

"我不认识另外几个人。"茱莉亚说。

"我们得赶上他们，"卡拉说，"大家都不想被他们抢先拿到宝物吧？"

艾玛提醒大家："露西的确说过，最先回到学校的小组会被优先考虑。"

"可她也跟我们说过别赶时间。我不想草草了事。"米娅说。

"我觉得咱们还是别讨论了，赶紧到那个要塞去吧。"卡拉说着，便开始了全速冲刺，不一会儿就跑过了流淌在地狱岩上的橙色岩浆瀑布，到前面去了。

"慢点。"看见卡拉一马当先，把他们都甩在了后面，茱莉亚赶快开口想叫住她。

"不是吧，又来了。"布拉德叫了起来。

只见四只恶魂朝他们飞了过来，这些白色的怪物垂下它们的触手，开始向他们发射火球。

这次，茱莉亚不用别人提醒就挥舞起自己的拳头，没几下就消灭了一只恶魂，捡起了掉在地上的恶魂之泪。

突然，卡拉叫了起来："救命！"

茱莉亚看到卡拉正在跟一只恶魂作战，她的身边还有尼克和他的组员。

"别靠近她！"米娅大喊，同时打中了一个火球。火球改变方向，飞回去击中了那只飘浮在空中的恶魂，将它消灭了。"我捡到了一点火药。"米娅捡起恶魂掉落的火药，向大家报告她的收获。

最后一只恶魂也被消灭了，茱莉亚飞快地跑向下界要塞的入口处。

"别欺负她，尼克。"茱莉亚冲那几个人喊，可没想到，回应她的却是尼克的求救声。

他们往要塞跑去的时候，茱莉亚看到入口处站着一个人，不由得惊呆了。因为那个人正是她从前的室友——哈莉。

哈莉标志性的蓝发上别着一个雏菊发夹，腿上那双齐膝高的长筒袜一高一低。她对茱莉亚说道："我逃出来了。"

茱莉亚有些疑惑，猜测这是不是露西计划的一部分，可她也知道，露西是绝不会让哈莉从那座基岩监狱里逃出来的。

哈莉大笑，用剑指着尼克的胸膛问道："你是在逗我吗？不穿盔甲就跑到下界来了，你还想活着回去吗？就凭这一点，你们组就输定了。"

尼克没有回答，只是看着哈莉，摆了摆手。

"你们真的要去下界要塞吗？"哈莉问。

"哈莉，你想从我们这儿得到什么？你在主世界和《我的世界》学校里制造的破坏还不够多吗？为什么非要跑出监狱再来找我们的麻烦？你还没有吸取教训吗？"茱莉娅质问道。

"哇，"哈莉哈哈大笑，"你的问题可真多。"

"可是这些问题你好像一个都不打算回答。"茱莉亚说。

　　"我不喜欢你的态度。"哈莉推开尼克，扑向了茱莉亚，用钻石剑一次次地砍在她的身上。最后，茱莉亚被消灭了。

　　"米娅！艾玛！"茱莉亚在《我的世界》学校的宿舍床上醒了过来。她有气无力地呼唤她的两个室友，可是宿舍里一个人也没有。

　　茱莉亚飞快地跑出宿舍，在空旷的校园大声喊着露西的名字。

　　露西从大礼堂里跑了出来："出什么事了？"

　　茱莉亚带露西去了基岩监狱，发现囚室是空的——哈莉真的越狱了。

第五章
险象环生

"**这**怎么可能？"露西站在空荡荡的囚室里问，"没有人能从这里逃出去！"

"哈莉在下界，那儿太可怕了。"茱莉亚跟露西描述了自己在下界要塞前的经历，以及自己是怎么被哈莉的钻石剑消灭的。

"我们得马上过去。"露西说着便从工具包里拿出了黑曜石，开始搭建通往下界的传送门。茱莉亚也贡献出自己的黑曜石，帮露西建造传送门，随后便一起进入了传送门。

"他们在哪儿？"两人一到下界，露西便问道。她们运气不错，没有碰到什么怪物。

"我们得找到那座下界要塞。"茱莉亚边说边朝要塞的方向跑，露西跟在她的身后。

"过了那道岩浆瀑布就到了，"刚说完，茱莉亚愣住了，因为她并没有看到下界要塞，"等一下，刚才它就在这儿，怎么不见了？"

"你确定是这儿吗？"露西问。

茱莉亚环顾四周。她记得这里有一道气势磅礴的岩浆瀑布，过了瀑布就是那座下界要塞。可现在，要塞不见了。

茱莉亚说："我也不确定，我以为我记得那条路。真对不起！"

这时，一群烈焰人飞了过来，朝她们发射火球。两人举起弓箭，消灭了那几个烈焰人，随后捡起了烈焰人掉落的烈焰棒。

忽然，茱莉亚听到了一个声音，于是问露西："你听到了吗？"

"听到了，"露西停下脚步，"声音像是从那个方向传来的。"

她们爬上一大块地狱岩，远远地看到了那座下界要塞。尼克和哈莉正手握长剑，打得难解难分。茱莉亚和露西爬下地狱岩，快速跑过岩浆瀑布，又沿着一条岩浆河飞奔，终于到了要塞。

茱莉亚向哈莉身上洒了一瓶虚弱药水。哈莉哈哈大笑起来，然后躲开了药水攻击。

"你得回监狱去！"露西大声说道。

"不，我不回去！"哈莉说着，一剑刺中了露西的胳膊。

大家见此情形，纷纷拿出自己的武器，一拥而上，终于消灭了哈莉。

露西说："我得回去看看她是不是在学校里重生了，你们继续完成任务吧。"说完，她就瞬移回《我的世界》学校了。

"刚才真是惊险，"茱莉亚叹了口气说道，"没想到哈莉竟然越狱了。"

"你们觉得这会不会也是考察的一部分？"米娅问。

"那这考察也太刺激了，"茱莉亚说，"我觉得应该不是。露西发现哈莉越狱的时候，脸色很不好看。"

尼克问两个小组的成员："我们要不要合作，一起到下界要塞里去找宝物？"

"只要能帮我们赢，我都同意。"米娅说。

"我不知道这么做能不能让我们赢，不过我知道，要是不合作，那我们就输定了。"茱莉亚做出了理性的分析。

一行人进入下界要塞，一边走一边讨论他们要从这里带走的东西。

"我们需要地狱疣。"茱莉亚看见楼梯角落里的一块灵魂沙旁边长了一些地狱疣，赶忙开口，然后走过去捡了一些。

"我看到了一个宝箱！"布拉德叫了起来。

嘭！哗啦！嘭！哗啦！

"什么东西？"茱莉亚的声音在发抖。

"是岩浆怪！"米娅喊了起来。她话音未落，一群蹦蹦跳跳的方块怪物就突然出现，塞满了这间黑漆漆的小房间。

看见这些长着橙黄色眼睛的深红色方块一蹦一跳地朝他们涌来，茱莉亚不由得心跳加速、放声大叫："救命！我被包围了！"

"用剑刺它们！"艾玛冲茱莉亚大喊，同时自己也毫不留情地朝这些岩浆怪挥剑。这些黏糊糊的怪物每次被刺中后，就会分裂成好几个小方块。艾玛用钻石剑连砍几次，迅速消灭了它们。大家都照着艾玛的方法和这些怪物作战，每消灭一只岩浆怪，就会有岩浆膏掉在地上。

终于，最后一只岩浆怪也被消灭了。可是这时，两个凋灵骷髅出现了，举着剑朝他们扑过来。

"我们永远也拿不到宝物了。"米娅叹了口气，迎向凋灵骷髅，刚想向它们进攻，没想到凋灵骷髅抢先攻击，消灭了她。

"米娅！"茱莉亚叫道，"不是吧！希望我们不会因为这个而当不上学生代表。"

露西刚好在茱莉亚说最后一句话的时候走进下界要塞。她说道："茱莉亚，我没想到你会说出这样的话。"

露西的出现让茱莉亚大吃一惊，她愣住了。凋灵骷髅趁这个机会把她也消灭了。

第六章
返校汇报

"**我**们输了。"茱莉亚刚在自己的床上重生，就喊了出来。

"是因为我吗？"米娅问。她站在房间中央，正准备瞬移到下界。

"不，怪我，"茱莉亚老老实实地回答，"我说了一句不该说的话，被露西听见了。你被消灭的时候，我关心的竟然不是你的安危，而是这件事会不会影响我们组的成绩。"

"没你想的那么严重，"米娅说，"其实我当时想的跟你一样。"

"谢谢你安慰我。"茱莉亚说。

"我们要去下界了，"米娅说，"准备好。"

　　茱莉亚和米娅传送到下界要塞，看见艾玛和卡拉正在和三个举着石剑的凋灵骷髅作战，于是马上加入战斗。

　　"它们在不停地生成。"卡拉说道。

　　"其他人呢？"米娅问。

　　"露西去哪儿了？"茱莉亚问。

　　"露西跟尼克的小组走了，"卡拉气喘吁吁地说，"他们已经拿到宝物了。"

　　"布拉德呢？"茱莉亚问，她消灭了一个凋灵骷髅，俯身捡起掉落下来的骷髅头。

　　"我在这儿，"布拉德拿着金马铠冲了进来，"现在我们只要拿到钻石就行了。我觉得我们能找到。"布拉德迅速把金马铠放进工具包，拔剑攻击剩下的凋灵骷髅。大家合力，很快就消灭了所有凋灵骷髅。

　　"我们去拿钻石吧。"看到凋灵骷髅被消灭，茱莉亚精神一振，带着大家在要塞里飞奔，一见到宝箱就打开查看。

　　"我知道这儿有个箱子里面装的是钻石，"卡拉说，"不知道有没有被尼克小组拿走。"

"找到了！"要塞深处的一个房间里传来了米娅的喊声。

大家立即朝米娅跑了过去。看到米娅拿到了钻石，茱莉亚笑着说："现在可以回学校了。"

米娅建造了一扇传送门。这次，茱莉亚对紫色的烟雾一点也不反感了，因为她很高兴终于能离开下界，尤其是现在她的工具包里还装满了宝物。

当茱莉亚知道他们是最后一个回到学校的小组时，她的情绪变得很低落。她知道，在这种情况下，自己肯定不是学生代表的最佳人选。

茱莉亚和朋友们看着别的小组一个接一个上台发言，布拉德小声对朋友们说："求你们别让我说话，都由你们来说，行不行？"

"可以。"茱莉亚笑着说。

终于轮到他们了，让茱莉亚大吃一惊的是，露西先开口了："我要特别提一下两组同学，他们在下界遭遇了敌人——越狱的哈莉的攻击。哈莉曾经因为大肆破坏主世界和《我的世界》学校而被关进了学校监狱。这次，两个小组齐心协力，一起把哈莉送回了基岩监狱，确保她不能再伤害别人。"

这番话让茱莉亚觉得自己的小组还有获胜的希望，但她没有把握，毕竟他们是最后才回到《我的世界》学校的一组。此时别的小组已经展示过他们的宝物，太阳也开始落山了。

米娅正准备汇报他们一起采集地狱疣的过程，突然有人喊了起来："末影人！"

一个末影人和一个黄头发的女生对视了一眼，发出了尖厉的叫声。那个女生还没搞清楚状况，末影人就已经瞬移到了她的面前。

"往湖边跑！"茱莉亚朝那个女孩喊。然而，女孩站在人群里一动不动，好像被吓傻了。茱莉亚担心她会受伤，赶紧跑过去叫她："跟我来！"

茱莉亚拉着这个女孩一起往湖边跑，到了湖边就一头扎进了水里。末影人一路尾随她们，但它一碰到湖水就消失了。茱莉亚游回岸边，用手抹掉了脸上的水。

露西把大家重新召集起来，让他们听完汇报，还提醒他们，要成为学生代表，一定要尊重自己的同学。

米娅继续说着下界发生的事，天色越来越暗。没过多久，一支僵尸军团突然向学校发起了攻击。僵尸们伸着手臂涌入大草坪，对学生们发起攻击，夜空中弥漫着一股腐肉的臭味。

茱莉亚迅速喝下了一瓶力量药水，准备迎战。她一手拿着药水，一手握着剑，一口气消灭了好几个僵尸，但新的僵尸不断出现，她逐渐败退了下来。

"谁来帮帮我？"她大声呼救。虽然她不想让别人觉得她弱小无助，但她知道，她要是不求救就输定了。

第七章
再次越狱

$\mathbf{此}$时，米娅和艾玛也被一群僵尸包围了，她们使出浑身解数和僵尸作战。

"救命！"茱莉亚又喊了起来，同时挥剑狠狠地向面前的两个僵尸砍去。它们受伤了，但没被消灭。

卡拉赶来支援茱莉亚，她把所有的药水都洒在那两个受伤的僵尸身上，茱莉亚也用剑刺它们。"消灭它们了！"她开心地叫了起来，然后两人捡起了僵尸掉落的道具。

"战斗还远远没有结束。"卡拉说。

这时，卡拉看到布拉德被一群僵尸逼到角落里，他已经奄奄一息了。于是她和茱莉亚朝布拉德冲了过去，挥剑攻击那些僵尸，可还是晚了一步，布拉德被消灭了。卡拉和茱莉亚继续和僵尸作战，直到布拉德重生，再次传送回来，和她们并肩战斗。

"真是没完没了。"布拉德说。

学校的各个角落都有怪物：僵尸把学校里每座建筑的门都扯了下来，骷髅不停地朝学生射箭，末影人的尖叫声几乎把学生们的耳朵都震聋了。

"不！"卡拉看到一个蜘蛛骑士朝他们爬过来，不由得喊了起来，"又是蜘蛛骑士！"

"没事的，我们一起对付它。"茱莉亚安慰朋友，"我对付骷髅，你对付蜘蛛。"

"那我呢？"布拉德问。

"碰到什么就打什么吧。"茱莉亚气喘吁吁地说。她把手里的剑换成了弓箭，集中精神，瞄准了那个骷髅，想把它从蜘蛛上射下来。然而，茱莉亚连射两箭都没能射中，这让她不禁有些泄气。

布拉德射了一箭，箭射中了骷髅的手臂，稍稍削减了它的生命值。茱莉亚跟着补了两箭，正中骷髅的胸膛，终于把它消灭了。骷髅一被消灭，卡拉便冲向了那只红眼睛的蜘蛛，一阵猛攻把它消灭了。

他们还没来得及庆祝，一个末影人又盯上了茱莉亚。听见它发出了熟悉的尖叫声，茱莉亚立刻掉头朝湖边冲去。在漆黑的夜色中，她什么都看不见。她心想，这个时候要是有一瓶夜视药水就好了。可惜，她的药水不多了。

末影人朝茱莉亚扑了过来，幸好她及时跳进了水里。清凉的水让她精神一振，看到那个末影人消失在水波里，她终于松了口气。

"你没事吧？"卡拉大声问道。

茱莉亚看见布拉德和卡拉站在岸边，马上朝他们游了过去。湖水很凉，晚上的气温又低，茱莉亚越游越累。她想放弃，可她明白，要是她真的放弃了，他们组就会失去当学生代表的机会。

露西在学校里跑来跑去，让学生们都回宿舍，别大草坪上逗留。

学生们都很勇敢，一晚上消灭了大批僵尸，学校里几乎看不到怪物了。茱莉亚飞快地跑回宿舍，当她看到米娅和艾玛也在宿舍里时，她开心极了。

"老是在大晚上战斗，我都打烦了。"茱莉亚爬到床上说道。

米娅同意道："我觉得我们都没时间学习了，而且我们在学校的时间已经不多了，真让人心烦。"

"还有，期终考试明天就要开始了。"艾玛提醒她们。

茱莉亚觉得自己的胃一阵痉挛，问道："期终考试？明天？你确定吗？"

"确定，"米娅说，"艾玛说得没错，是亨利那门课的期终考试。我们还是赶紧睡觉吧，我们要为期终考试做好准备。"

三个女孩缩在软和的羊毛毯里，渐渐睡着了。突然，露西出现在她们宿舍的门口，亨利和麦克斯站在她的身旁。

"抱歉吵醒你们。我们刚得到消息，哈莉又越狱了。"露西是来通知她们的。

"什么？怎么可能？"茱莉亚一下从床上坐了起来。

　　"我们觉得她可能会先来这儿，"亨利说，"看来你们没看到她。"

　　"你为什么这么觉得？"艾玛问。

　　"因为她很可能觉得是你们害得她又被逮回了监狱，所以我们猜她可能会来报复你们。"麦克斯说。

　　"她怎么总能逃出来？"艾玛问。

　　"我们还不知道，"露西承认，"但等这次把她关进监狱之后，我们要派一个人在她的监狱门口专门看守她。"

　　为什么他们之前没这么做呢？茉莉亚很懊恼地想。她不想帮他们去找哈莉，这件事她一点都不想掺和。她现在只想睡觉，明天早上她还要参加期终考试。

　　突然，一声震耳欲聋的爆炸声响彻整个校园。茉莉亚叹了口气——今晚注定是一个漫漫长夜了。

第八章

期终考试

哈莉没有茱莉亚想得那么难找。不一会儿，艾伦就冲了进来，告诉他们刚才哈莉在食堂周围放置炸药，幸好他及时制止了她，不过还是引发了一次小规模的爆炸。

茱莉亚问："需要我帮忙重建食堂吗？"

"谢谢你主动提出帮忙，"艾伦说，"不过这个交给我们就行了。你们应该休息了，明天就要期终考试了，我给大家准备了一场很有挑战性的炼金术期终考试。"

他们走了，但茱莉亚还是睡不着。她一会儿担心哈莉会再跑出来，一会儿又担心即将开始的期终考试，这两件事在她的脑子里不停地打转。她深吸一口气，努力让自己睡着，可还是一点用都没有。照这样下去，考试的时候，她肯定会打瞌睡。

茱莉亚不记得自己是什么时候睡着的。第二天早上，当清晨的阳光透过窗户照进来的时候，她醒了。

"我们要吃一顿丰盛的早餐，然后去参加期终考试。"艾玛站在窗边说。

"哇，你已经起床了。"茱莉亚从床上爬了下来。

"是啊，要期终考试了，我有点紧张，昨天晚上我都睡不着。"艾玛说道。

"我也是。"米娅说着也起床了。

"我也一样，我觉得我还没准备好。"茱莉亚说。

女孩们穿过大草坪朝食堂走去，睡意渐渐消散。茱莉亚看了看周围，经过前一天晚上的战斗，学校里的很多地方遭到了破坏，门都被扯了下来，食堂边上还留下了一个小小的坑，那就是哈莉昨晚企图炸掉的房子。

"我猜哈莉是在僵尸把监狱的门扯下来后跑出来的。"茱莉亚断言。

"应该是的，"米娅说，"不过我们不能老想着哈莉，我们要准备参加第一场期终考试了。"

"我们第一场考试是亨利主持，是不是？"米娅还要再确认一遍。

"对，"茱莉亚说，"考生存技能。经过了那么多次战斗，我们应该都是生存技能专家了。"她走进食堂说道。

茱莉亚和朋友们忙着用餐。布拉德走过来跟她们坐在一起，说："我们得好好吃一顿，吃饱了才好参加期终考试。"

"别再提醒我们了。"艾玛说。

"我觉得我们得走了。"茱莉亚看了看时间说道。于是大家匆匆吃完了早餐，来到教室。

不一会儿，亨利宣布期终考试开始了，教室里鸦雀无声，学生们因为紧张而呼吸急促。茱莉亚后悔早餐吃得太多，因为她的胃开始疼了。

"我要在学校里生成一条末影龙。大家都到大草坪上去，我要根据你们对抗末影龙的表现来评估你们的成绩。"亨利跟大家说了考试的内容。

大家跟着亨利来到了大草坪上，等着他生成末影龙。

不一会儿，校园上空就出现了末影龙的身影。它扇动着有力的翅膀，一边发出嘶吼，一边从嘴里吐出紫色的龙息。

茱莉亚躲在一棵粗壮的橡树后，用箭瞄准末影龙，一箭射中了龙的侧身。龙发出一声怒吼，吓得好几个学生缩到了角落里，还有一些学生连手里的武器都丢了。因为很多同学以前没见过末影龙，所以被它吓坏了。

末影龙冲着一群站在礼堂门口的学生飞了过去。学生们举剑迎击它，但是很快就有一个学生被末影龙消灭了。

"不！"茱莉亚叫道。

剩下的学生又是射箭又是洒药水，还有的试图用剑攻击末影龙。在大家的攻击下，末影龙受了重伤，不过仍然没有被消灭。

卡拉一个箭步冲向末影龙，狠狠刺了它一剑，它反扑过来的时候，她又迅速退回到安全位置。

茱莉亚占据了攻击末影龙的最佳位置，每次它飞过她的头顶，她就趁机射它一箭。末影龙被激怒了，它咆哮着朝茱莉亚俯冲下来，但她已经迅速躲到了树后。

布拉德举剑刺中了末影龙的肚子，末影龙的生命值消耗殆尽。茱莉亚举起弓箭瞄准末影龙，打算一箭把它解决，但杰米冲了上去，勇猛地跳到了末影龙的背上，一剑刺入末影龙的身体。受到这致命的一击之后，末影龙彻底消失了，掉落了一颗末影龙蛋，还生成一扇通往末路之地的传送门。

茱莉亚目不转睛地盯着那扇传送门，尽量躲着它走。她可不想一不小心误入那个可怕的地方。

亨利捡起了那颗龙蛋，向全班同学表示了感谢，并告诉大家自己很快就会公布考试结果。茱莉亚对自己的生存技能考试很满意，她有信心取得好成绩，不过她也承认自己没有尽全力。她不想主导这场战斗，因为班上的其他同学都想在亨利面前展现自己。跟学生代表名额的竞争一样，团队协作总是比单打独斗更具有挑战性。

"该吃午饭了吧？我饿极了。"艾玛跟朋友们说。

"我也是。"卡拉说。

他们还没走进食堂就停了下来，因为他们听到了露西的喊声："通知！"

露西举着喇叭在校园里走了一圈，她有一项重要的通知要宣布。于是大家都聚集在草坪上，等着听她讲话。

"你们觉得她是不是已经选出学生代表了？"茱莉亚问。

"我觉得应该是。"艾玛说。

露西开口了："我已经决定了学生代表的最终人选，那就是卡拉小组的组员。"

人群中响起了一阵欢呼声。茱莉亚看到大家都这么支持她们小组，开心极了。然而，当大家听到露西接下来的话时，欢快的气氛又变得凝重起来。露西说的是："卡拉的小组里只有一位同学能获得最高荣誉，成为学生代表。"

茱莉亚不喜欢这样，她的心在怦怦狂跳。她想退出，但她知道，现在已经太晚了。

"卡拉小组要到末地城去。"露西宣布。

气氛开始紧张起来。很多人从来都没踏入过那座危险的城市，只是听说过末地城和那里的怪物，当然还有宝物。你只有足够勇敢，同时具备足够的技能，才可以去末地城探险。

"谁从末地城拿回的宝物最多，谁就是学生代表。"露西说。

"我们什么时候出发？"茱莉亚问。她的心跳得很快，感觉人人都能听到。

"现在。"露西回答。

茱莉亚看着组员们走向末影龙掉落的末地传送门，突然觉得他们踏出每一步的时间都像一辈子那样漫长。

第九章
进入末路之地

几个人紧挨着，挤在末地传送门门口。

"一路顺风！""祝你们顺利完成任务！"大家纷纷向他们道别。

"我从没去过末路之地。"卡拉承认。

"我也是。"布拉德说。

"我也没去过。"茱莉亚说。

艾玛和米娅也没去过末路之地。艾玛说："这么说，我们大家都是第一次去末路之地，谁也没有优势。我这么说是因为现在我们要互相竞争了。"

我不想跟你们竞争，也不想去末路之地。茱莉亚心想。就在同伴们即将进入传送门时，茱莉亚忽然喊道："等等！"

露西走了过来，问道："有什么问题吗？"

茱莉亚从传送门里跳了出来，说："我不想去末路之地，我要退出这个小组。"

"为什么？"露西问。

"我不想去末路之地，听说那个地方又黑又可怕，还很难生存。我也不想去对付末地城的潜影贝，我还是留在这儿吧。"

茱莉亚还想加一句：最好能一辈子都待在《我的世界》学校。这些考察任务让她身心俱疲，她希望一切都不要变。所以，她想现在就结束自己的考察任务。

露西试图安慰茱莉亚，说道："最坏的情况不过就是被消灭，然后在自己的宿舍里重生。我觉得，尝试过总比连试都不试要好，我相信你肯定同意我的想法。"

茱莉亚不确定自己是不是同意露西的想法，但是她觉得，有很多事，她更庆幸自己从来没尝试过。

卡拉从传送门里退了出来，说道："茱莉亚，你一定要跟我们一起。我们是一个团队。"

艾玛也跟着退出了传送门，说道："要是你真的想体验《我的世界》，你就一定要去末路之地看看。"

"我不知道我想不想。"眼泪从茱莉亚的脸颊上滑落下来。

米娅走到茱莉亚身边说："要是你不去，那我也不去了。"

"对，"卡拉表示同意，"我们要是不能一起出发，就把这个机会让给别的小组。"

"再选一个小组！"一开始，只有几个学生在喊，但很快，呼声就变得整齐而响亮，"再选一组，再选一组，再选一组……"

茱莉亚受不了了，她觉得自己快晕过去了。她想开口，却一句话都说不出来。她看着朋友们，想跟他们道歉，可她开不了口，只是呆呆地看着他们。

"你必须尽快做出决定。"露西对她说。

亨利让学生们冷静下来，说："大家安静！让茱莉亚说话。"

大家都盯着茱莉亚，但她一句话都没说。

"你们看不出来她不想去吗？"杰米叫了起来。

"你要是不说话，就表示放弃这次机会了。"尼克加了一句。

"茱莉亚，你在干什么？"卡拉不高兴了。

"这不公平。"艾玛用颤抖的声音说。

"你会让我们都失去这次机会的！"米娅喊道。

茱莉亚还是什么都说不出来。她难受极了。她很想走进那扇末地传送门，但是，她只要一看见那扇传送门，心就开始怦怦直跳。

布拉德是最后一个退出传送门的，他说道："茱莉亚，我们真的很努力才走到这一步，我知道你害怕，可露西说得对，你一定要去尝试，不能被恐惧束缚。"

布拉德说话的时候，大家都盯着他看。当他意识到自己被这么多人注视的时候，他的声音开始颤抖。茱莉亚看到，一向怯于在众人面前讲话的布拉德，都勇于站在全校师生面前开导她，她觉得很感动。

茱莉亚笑了，对布拉德说了声"谢谢"，并柔声地说："对不起，给大家添麻烦了，我会跟我的小组一起去末路之地。谢谢你们。"说完，茱莉亚就朝传送门走去。

围观的人群情绪低落，他们之中有不少人希望老师再选一个小组。

露西努力安抚大家的情绪，说道："同学们，在他们出发去末路之地之前，请祝他们一路顺风。我知道大家都想被选中，我理解你们的心情，但是不管结果如何，我们都应该接受。"

杰米第一个喊起来："一路顺风，朋友们！"

尼克说："没事的，茱莉亚，你肯定会出色完成任务的，我保证。"

几个组员站在传送门里，同学们朝他们欢呼，露西也祝愿他们顺利完成末路之地的任务，平安归来。

大家相互拥抱，深吸一口气，然后启动了末地传送门。就在他们即将进入末路之地的时候，茱莉亚听到有人在喊："哈莉！哈莉又不见了！"

　　"什么？怎么可能？"露西叫了起来。

　　茱莉亚想跳出传送门，去帮露西和别的同学找哈莉，可是已经来不及了。几秒钟后，她就站在末路之地了。

第十章
危机重重

突然，一道蓝色的身影从茱莉亚眼前闪过。她倒吸了一口凉气，说："是哈莉！"

"在哪儿？"布拉德站在黑曜石平台上，扫视着这片区域。

"我没看到她。"米娅四处张望。

"我觉得你紧张过度，出现了幻觉。"艾玛也在观察着这个充满危险的世界，但什么都没看到。

茱莉亚确实很紧张，也确实有可能出现幻觉。但她现在没有时间去细想，因为他们一踏入末路之地，就遭遇了末影龙。

卡拉叫了起来："小心！"

末影龙一个俯冲，猛扑了下来，一边朝他们咆哮，一边喷出龙息。

茱莉亚伸手去拿弓箭，但她的手抖得厉害，同时感觉到有什么东西在咬她的脚，她喊道："是末影螨！"

"用剑砍。"艾玛教她。

几个人拔剑朝末影螨砍去。末影龙还在空中盘旋，所以他们只能藏身在石柱后面，躲避末影龙的攻击。

末影龙一次次向他们发动猛烈的攻击，布拉德最先受伤。茱莉亚抬起头，把目光从围在她脚边的末影螨移向布拉德，快步向他跑了过去。

"把这个喝了。"她递给布拉德一瓶牛奶。

在布拉德喝牛奶的时候，茱莉亚把手里的剑换成了弓和箭。第一支箭射出，正中龙翼。茱莉亚正高兴着，末影龙就吼叫着朝她飞了过来。茱莉亚一边借石柱做掩护吸引末影龙的进攻，一边指挥朋友们赶紧用剑攻击末影龙。在大家的围攻下，末影龙的生命值所剩无几，但它只要一飞到末影水晶旁边，生命值就立刻恢复了。

"我们必须先摧毁末影水晶！"布拉德喊道。

然而，他们根本没有时间去制订战斗计划，在这个危机四伏的地方，要生存下来就已经很不容易了。一群搬着方块的末影人正朝这边走来，成群结队的末影螨聚集在他们的脚边，生命值全满的末影龙精神抖擞地发起了攻击。几个同学立即张弓搭箭，射向末影龙，射箭之余又用剑攻击末影人和末影螨。这场战斗让他们筋疲力尽，他们只能勉强撑住。

茱莉亚集中精力对付末影龙，因为她觉得这是最大的敌人。只有消灭末影龙，才能顺利到达末地城。她站在石柱后，向末影龙连射几箭，但只要末影水晶没被摧毁，她所做的一切都是徒劳的。茱莉亚必须当机立断，到底是冒着生命危险冲到末影水晶前射箭，还是待在原地不动？不，她知道自己不能再待在原地不动了。

茱莉亚深吸了一口气，朝末影龙射出一箭，接着迅速向末影水晶跑去。

茱莉亚还没击中末影水晶，就被一声高亢刺耳的尖叫吓了一跳，等她回过神来，才发现面前站着两个末影人。末影人抢先攻击，削减了茱莉亚的一点生命值。她连使用牛奶或者治疗药水恢复体力的时间都没有，就要继续跟这两个末影人战斗，身后还有一条虎视眈眈的末影龙。

"救我！"她好不容易才从牙缝里挤出这两个字，她艰难地攻击末影人，终于把它们消灭了。接着，茱莉亚握紧钻石剑，迅速转身扑向末影龙，却遭到末影龙的反击，她的生命岌岌可危。

茱莉亚朝石柱跑去，躲到石柱后喝下了治疗药水，恢复了生命值。但在返回战场前，茱莉亚看到有个影子一闪而过。

"哈莉！"茱莉亚叫了起来。

没有人回答，只有艾玛冲她喊道："茱莉亚，拜托，我们需要你帮忙。哈莉不在这儿，先别想她的事了！"

"我们还有一场更艰难的仗要打。"米娅提醒她。

卡拉一边对付在黑曜石平台上蠕动的末影螨，一边说道："快朝那些水晶射击！"

茱莉亚的心在狂跳，她冲向末影水晶，用箭射向其中一块，将其摧毁了。布拉德陷入了跟末影龙一对一的较量之中，他的剑刺中了末影龙的侧身。一群末影人团团围住了艾玛和米娅，不断地向她们发动攻击，她俩只能被动防御。好在卡拉渐渐消灭了末影螨。

茱莉亚一路飞奔，从末路之地中央岛屿的这头跑到那头，逐一摧毁安放在石柱上的末影水晶。她正跑着，忽然听到一个熟悉的声音在叫她——是哈莉。

末影龙发现茱莉亚站在黑曜石平台的中心，立即朝她飞了过来。茱莉亚一时不确定——末影龙和哈莉，谁对她威胁更大。

第十一章
冤家路窄

"**把**她交给我！"又一个熟悉的声音喊道。

"露西！"茱莉亚叫了起来，看到露西也到了末路之地，她松了口气。

"我带了帮手。"在露西说话的时候，亨利、史蒂夫、艾伦和麦克斯一齐冲了过来，扑向了哈莉。

哈莉被《我的世界》学校的老师们包围了，但茱莉亚无暇顾及哈莉，因为她正忙着对付末影龙。

末影龙喷吐出的龙息刺痛了茱莉亚的眼睛，她只好闭上眼睛，拼命朝末影龙挥剑。但她不但没有砍中，还险些从黑曜石平台上摔下去，掉入末路之地无尽的虚空中。幸好她及时控制住自己的身体，恢复了平衡。

卡拉朝末影龙劈了一剑，让它的生命值又降低了一点，同时冲茱莉亚喊："去把末影水晶毁掉，这是我们唯一的希望。"

茱莉亚朝安放末影水晶的石柱跑去，但她的眼睛刚才被龙息灼伤了，以致很难瞄准目标。她连射几箭都没能射中末影水晶。

"我又回来啦！"哈莉在茱莉亚的耳边叫道。几乎就在同时，茱莉亚感觉到一阵剧痛，她的手臂被哈莉用剑刺伤了。尽管受到了攻击，茱莉亚还是成功射中了末影水晶。

"我还以为露西已经把你消灭了。"茱莉亚说。

"她是把我消灭了，不过我又复活了。"哈莉一边回答，一边又刺了茱莉亚一剑。

茱莉亚转过身，准备迎战哈莉。但她和哈莉的距离太近了，没法用弓箭攻击。尽管工具包里没剩几瓶药水了，茱莉亚还是拿出了一瓶洒在了哈莉的身上。

哈莉的生命值却瞬间增加了，她大笑道："你往我身上洒的是治疗药水！"

茱莉亚的心沉了下去，因为自己浪费了最后一瓶治疗药水。

这时，末影龙朝哈莉和茱莉亚飞过来，攻击她们。哈莉因为刚恢复了生命值，所以没有受到太大影响，但茱莉亚的生命值却所剩无几了。她清楚自己必须格外谨慎，否则就会被消灭。

末影龙的攻击分散了哈莉的注意力，茱莉亚利用这个机会，迅速将她的弓箭换成了剑，接着朝哈莉发起了猛攻，直到将她消灭。

"救命！"艾玛喊道。她和米娅仍然处在末影人的包围中，并且怪物的数量一直在增加。

"我消灭了一个！"米娅消灭了一个末影人，兴奋地喊道。

"可是怪物越来越多了！"艾玛惊恐万分。

"接着打就是了。"米娅说着，又消灭了两个末影人。

艾玛被三个末影人围住了，她只好连续攻击其中一个。一通猛攻之后，她消灭了这个末影人，随即往后跳了一步，免得自己被另外两个袭击。

"把末影珍珠捡起来！"米娅提醒艾玛，"我们要用它才能上末地船。"

"那我们得先找到末地船才行。可是我们连这场战斗都赢不了，我们肯定会被消灭的。"艾玛说。

"我们能行的，"米娅说，"我肯定。"

"好吧，试试吧。"艾玛一剑劈向一个末影人，把它消灭了，然后捡起末影珍珠，放进了自己的工具包里。

茱莉亚一到这儿，耳朵里就充斥着末影人尖厉的叫声，她只想捂住耳朵。他们身边不断地生成末影人。茱莉亚听到布拉德和卡拉的喊叫声，判断出他们在和末影龙的战斗中，渐渐处于劣势。卡拉忽然大叫了一声布拉德的名字，茱莉亚知道，布拉德被消灭了。

没过多久，卡拉的声音也没了，她知道，卡拉也被消灭了。茱莉亚清楚，下一个被消灭的人就是自己了。她的工具包已经空了，在这种情况下，不管她怎么努力，都不可能在这场战斗中获胜。她握紧手里的剑，尽力去攻击那些末影人，但一切都只是徒劳。茱莉亚被消灭了，几秒钟后，她在宿舍的床上重生了。

"茱莉亚。"卡拉和布拉德站在她的床前。

"我们得回末路之地。"布拉德说。

茱莉亚点点头，紧接着，她又匆匆跑到了她的壁橱前，说道："给我一点时间就好。"她一边说，一边拿出她储存在壁橱里的药水，装进工具包里。在茱莉亚忙着补充战斗物品的时候，露西走进了宿舍。

"不好意思，让你们在末路之地战斗的时候还要应付哈莉。"露西向她们道歉。

"真的很麻烦，末影龙已经够难对付的了。"卡拉承认。

"我们也这么觉得，"露西说，"这属于额外的挑战。"

"我们给你们这场战斗打分的时候，会把这个情况考虑在内的。"麦克斯说。

"给我们打分？"卡拉问。

"对，你们不能参加期终考试了，所以，这个分数会计入你们的期终成绩。"露西把老师们的安排解释给他们听。

"真的吗？"茱莉亚装了满满一工具包的道具，听到这个消息，她不禁有些顾虑。虽然她不用担心期终考试了，可她也不希望让老师们就这场失败的战斗给她打分。茱莉亚还没来得及说出她的顾虑，大家就被从走廊传来的声音吓了一跳。

一阵笑声穿过大门，在茱莉亚的宿舍里回荡。大家都转过身去，看到哈莉就站在门口，她的裙子外面套着钻石盔甲，腿上还是那双齐膝的长筒袜，有一只脚上肿起了一大块。

"想我了吗？"她问道，同时举着她的钻石剑朝露西扑了过去。

"你到底想干什么？"茱莉亚发问的同时，将一瓶伤害药水洒在了哈莉的身上。

"这次你总算用对了。"哈莉笑道，虽然中了药水让她损失了生命值，但她好像一点也不在意。

"别再来烦我们了！"布拉德一剑砍在她没被盔

甲保护的手臂上。

　　"我不想再待在那个基岩监狱里了！"哈莉尖叫着把剑刺入了茱莉亚的腿，"我想让除了我以外的人也尝尝被关在铁栏杆后的滋味。他们也应该为自己的罪行受到惩罚！"

　　"罪行？你才是那个犯罪的人。"茱莉亚简直不敢相信自己的耳朵，哈莉怎么能认为别人应该为她犯下的罪行而受罚呢?

第十二章
消灭末影龙

"你们该回末路之地了。"露西对卡拉、布拉德和茱莉亚说，"我们来对付哈莉。"

"再见了！"哈莉大笑着道，"末路之地见。"

"别想威胁我们！"茱莉亚喊完，就和朋友们返回末路之地了。

不一会儿，他们出现在了末路之地中心的一座小岛上，这里光线很暗，他们看不见朋友们的位置。

"艾玛！"茱莉亚喊道。

"米娅！"布拉德也在大叫。

但是没有人回答。

茱莉亚拿出了指南针，但指南针坏了。布拉德凑过来看了看，说："你的指南针在这儿不管用。"

"地图也没有用。"卡拉补充说。

"可他们肯定在这儿。"茱莉亚绕着这座飘浮在虚空中的岛屿转了一圈，边走边呼唤着朋友们的名字。

"在末路之地，一切都很奇怪。"布拉德说。

"我连末影龙都看不见。"茱莉亚泄气了。

"我还觉得挺开心的，"卡拉承认，"我也没看到末影人和末影螨。"

"我们在哪儿？"布拉德问。

"我们肯定是在某一座外岛上，"卡拉一边说，一边往末路之地的深处走去，"可我什么都看不到。"

这时，他们隐约听到远处传来了一声末影龙的吼叫。

"我不觉得她们俩能消灭末影龙，我们得找到她们。"茱莉亚说着，便朝末影龙的方向跑去。她突然听到黑暗中有人在笑，便停下了脚步。

"你为什么停下了？我们得继续跑！"布拉德叫道。

"我好像听到了什么声音，好像是哈莉的笑声。"茱莉亚说。

"露西说我们不用管她。"卡拉提醒她。

"这场战斗决定了我们的期终成绩。"布拉德说，"我们得走了。"

茱莉亚跟着朋友们朝末影龙的方向跑去，只希望能尽快找到其他的朋友。

"准备战斗！"布拉德大叫起来，因为十个末影人出现在了他们面前。

茱莉亚拿起剑，做好了战斗准备。

"眼睛往下看就行了。"卡拉说着，快速从末影人身边跑开，没跟它们发生眼神接触，所以这些末影人没有攻击他们。

又前进了一会儿后，茱莉亚觉得有什么东西在啃她的脚，原来她的脚上爬了好几只末影螨。她一抬头，又看到了末影龙和她的几个朋友。茱莉亚收好剑，拿出弓箭。石柱上有两块末影水晶，她知道，要是不把那些水晶摧毁，他们就永远不可能消灭末影龙，也到不了末地城。

茱莉亚朝石柱冲去，但她刚跑了一半就停下了脚步，因为末影龙飞了过来，用翅膀把她拍得险些仰面摔倒。她刚站稳，末影龙再次朝她扑了过来，这一次，她失去了平衡。

"救命！"茱莉亚喊道。

卡拉朝茱莉亚跑了过来。她的剑刺入了末影龙的侧身，但自己也被末影龙击中了，她的生命值下降了一点。大家把末影龙团团围住，不停地用剑刺它，但末影龙只要一接近末影水晶，生命值就又回到最大值。

茱莉亚喝下一瓶治疗药水，举起弓瞄准了末影水晶，一箭摧毁了其中一块。现在，只剩最后一块末影水晶了。就在这时，茱莉亚听到一阵笑声在她的左耳边响起，她扭头看到了哈莉，说道："你在这儿干什么？别来烦我们！"

"我就不！"哈莉尖声叫道，挥起钻石剑，刺伤了茱莉亚的左臂。茱莉亚刚要反击，露西出现了。露西剑法娴熟，用手里的钻石剑很快就把哈莉消灭了。

"谢谢！"茱莉亚说。

"快回去继续你们的战斗吧。"露西说。

茉莉亚瞄准了最后一块末影水晶，一箭射出，摧毁了水晶。

"干得漂亮！"露西说完就消失了。

卡拉挥舞钻石剑，连砍两下，把末影龙打倒在地。

末影龙被消灭了，几个好朋友欢呼了起来，艾玛大喊："哇！末地城，我们来了！"

"可惜露西没有看到你打倒末影龙的样子。"布拉德说，"这可是我们期终成绩的一部分。"

"什么？"艾玛问。

"露西跟我们说这场战斗就是我们的期终考试。"茉莉亚解释道。

"对，茉莉亚摧毁最后一块末影水晶的时候，露西看到了。老师对你可真是偏心。"卡拉说。

"什么？"听到好朋友这么说，茉莉亚很伤心。

"我说错了吗？"卡拉问道。

"我不相信，"茉莉亚含着眼泪说，"你再说一遍。"

"有什么好大惊小怪的，人人都觉得老师对你偏心。"卡拉说。

"真的吗？为什么？"茱莉亚强忍着不让眼泪流下来。

"大家都觉得你总是被露西夸奖，她还让你帮忙找哈莉。"卡拉把话说得更清楚了。

茱莉亚叫了起来："等等！她没有夸奖我，她让我帮忙找哈莉，也不过是因为我以前是哈莉的室友。哈莉想毁灭《我的世界》学校和主世界的时候，是我拦着她的。你可以问艾玛和米娅，她们都记得，那个时候连露西都不相信我，我只能自己想办法去证明哈莉才是危险人物。露西曾经还以为，学校里发生的那些恐怖袭击都是我造成的。"

"是这样，没错。"艾玛说，"哈莉袭击的时候，茱莉亚是受害者，她还不得不向露西证明自己。所以老师对她并不偏心。"

"我也不觉得老师对茱莉亚偏心。"米娅说，"我觉得露西没看到你消灭末影龙只是因为时机不好，但等我们汇报任务的时候，她就知道了。"

"汇报……"布拉德的额头上沁出了汗珠。他之前几乎已经忘记了汇报的事情，现在一想到汇报他就开始慌张。

"你还是怕在大家面前发言吗？"茱莉亚问。

"对。"布拉德回答。

"可是你劝我来末路之地的时候说得很好啊，那时你也是当着全校同学的面。"茱莉亚提醒他。

布拉德承认："要说出那些话对我来说很难。"

"我知道。"茱莉亚微笑着说。

卡拉走向茱莉亚，向她道歉："对不起，我刚刚说错话了。我只是不高兴露西看到你摧毁了末影水晶，而没有看到我消灭末影龙。不过话说回来，要不是你摧毁了末影水晶，我也不可能消灭末影龙。"

"这是我们一起努力的结果，我不觉得老师会偏爱谁，我们的目标是合作完成这次挑战。"茱莉亚说。

"对，我们要齐心协力，不然，我们永远也不可能通过这次考验。"米娅说。

"这会计入我们的期终成绩。"布拉德说。

　　"我们在《我的世界》学校学了这么多，要是我们因为闹矛盾最后得低分那就太可惜了。我们一定要齐心协力。"茱莉亚说。

　　"我们一定要齐心协力，不过要记住，谁拿到的战利品最多，谁就能赢。"艾玛提醒大家。

　　"谁要我的战利品？"布拉德开玩笑地说。

　　大家笑了起来，但很快，他们又停下了脚步。大家看到眼前的景象后都惊呆了，漆黑的虚空中浮现出一座暗紫色的末地石城堡，好像一个幽灵一样，若隐若现。

　　"我们到了。"茱莉亚咧开嘴，笑了。

第十三章
进入末地城

"**简**直不可思议。"茱莉亚目不转睛地盯着这座巨大的城堡。虽然城堡的墙壁上插着末地烛，但是在黑暗中仍看不清轮廓。

"我们应该去找末地船，船里有我们要的宝物。"布拉德说。

城堡边上有一栋高大的建筑，顶上有一面旗帜在飘动，但茱莉亚并没有感觉到有风。她仔细地查看着末地城，说道："我没有看到哪里有末地船。"

"我们去城堡里找找。"艾玛说。

"我也觉得城堡里会有宝物，我们先去那儿吧。"米娅建议。

于是，大家朝那座恢宏的城堡走去。可没走几步，布拉德就疼得大喊了一声，大家也停下了脚步。

大家都在寻找袭击了布拉德的东西，但什么都没找到。茱莉亚怀疑会不会又是哈莉干的，便说道："你们觉得会是哈莉吗？也许她隐身了。"

"我不知道，"布拉德环顾这座城市，说道，"我什么都没看到。"

"肯定是哈莉。"茱莉亚坚持己见，她抽出自己的钻石剑，指向空中。

"茱莉亚，"艾玛说，"冷静，如果真是哈莉，老师们会对付她的。"

茱莉亚知道艾玛说的对，但她满脑子都想着哈莉又来攻击他们了，而且，她真的很生气，因为哈莉影响了他们的期终成绩，破坏了他们在《我的世界》学校最后几个星期的时光。茱莉亚知道自己必须把心思放在完成挑战上，而不是放在一个罪犯身上。

"哎哟！"布拉德又叫了起来。

"是什么东西打你？"茱莉亚问。

"你看到什么了吗？"米娅问。

"没有，"布拉德目瞪口呆，"我一直挨打，可我并不知道打我的是什么。"

几个人继续朝城堡走，突然，米娅喊了起来："我被攻击了。"

"哪儿？"布拉德问。

米娅抬起腿说："就是这儿。"

"我们得把攻击我们的东西找出来，不管它是人还是怪物。"茱莉亚站在城堡前说。

"我损失了不少生命值。"米娅说，"不可能是哈莉，她没有这么强的攻击力。"

"你们看到那些白色的小点了吗？"茱莉亚注意到米娅的脚边有一片白色的东西。

"哎哟！"艾玛疼得差点哭了出来，只见她抱着自己的腿飘了起来，"我飘起来了，怎么回事？"

"我们离城堡越近，受到的伤害就越大，我们该怎么办？"茱莉亚问。

"我们到里面去。"米娅说。

艾玛落到了地面上，说："你是说真的吗？这就是你的计划？我刚刚还被什么东西攻击了，而你居然想进去？那个敌人很可能就躲在城堡里面。"

"那不然我们还能怎么办？"米娅问。

"米娅说得对，我们要去找宝物。早点找到宝物，把工具包装满，我们才能早点离开这儿。"布拉德说。

茱莉亚感觉到有什么东西在攻击她的腿，她也飘起来了，说道："是潜影贝！我看到它了，就藏在砖块里。它长得跟砖块很像，但我刚才看见它跳起来了，它有一个黄色的脑袋。"

"在哪儿？"米娅问。

"在这儿！"艾玛喊道。看到那只潜影贝就躲在城堡入口的紫珀块旁，窥探着外面的情况。

潜影贝朝他们射出了一连串导弹。他们被击中了，一个个都飘上了天，且因为接连受到攻击，他们的生命值都已经很低了，于是他们都快速地喝下了治疗药水和牛奶。

"我们必须消灭那只潜影贝。"茱莉亚一边说，一边拿出弓箭瞄准，但那只潜影贝又缩进壳里藏好了。

米娅一落到地上，便举剑冲向那只潜影贝。她一剑刺中了它，把它钉在了砖块上，但没能把它消灭。

这时，潜影贝又伸出头窥探着外面的情况，准备发动攻击。米娅趁机用剑击中了它，削减了它的生命值，使它马上关闭了外壳。就在米娅等着潜影贝再次打开外壳时，艾玛突然喊了起来："不！"

米娅一回头，看到六只潜影贝正朝他们过来。"它肯定是给它的朋友发信号了。"米娅一边说，一边用力砍潜影贝的外壳，但这只是白费力气。

六只潜影贝把他们团团围住，发动了攻击。他们只能在飘浮状态下进行反击，只要看到有潜影贝打开外壳，大家就朝它射箭。

"它们就跟乌龟一样，身上有一层壳能保护自己，这场战斗一点也不公平！"布拉德嚷嚷道。

"我们有盔甲。"茱莉亚冷静地说，但她知道布拉德说的也没错，这么打根本没有胜算。他们必须尽快想出对策，顺利进入城堡拿到宝物，才能赶快离开这儿。

"药水。"米娅好不容易才说出了这个词。

"什么？"茱莉亚说。

"我们喝下隐身药水，然后用最快的速度冲到城堡里面去。"米娅匆匆喝下一瓶力量药水，然后说道。

茱莉亚连射几箭，消灭了两只潜影贝，这让她信心大增，她觉得他们能消灭这些狡猾的怪物，于是她说："我们应该继续攻击，我觉得我们能打败它们。"

布拉德又被击中了，他疼得惨叫了一声，反手射出一箭，击中了另一只潜影贝，说："米娅说得对，我们应该试试隐身药水。我们的确消灭了不少怪物，但这场仗还是很难打。"

"我们在城堡里面汇合。"米娅说着，喝下了隐身药水。

大家各自喝下药水，瞬间都隐身了。他们拔腿冲进城堡，开始寻找宝物。

"我们得找到藏宝室。"布拉德气喘吁吁地说。大家在城堡里一路狂奔，从这个房间跑到那个房间，一边寻找宝物，一边叫喊。

"我找到藏宝室了！"米娅叫喊着，走进了一间放着两个箱子的房间。

药水的效力消失了，大家都显形了。他们都围着那两个箱子，一个是普通的箱子，另一个是末影箱。

"把箱子都打开。"茱莉亚说。

米娅迅速打开了那个普通的箱子，箱子是空的。她又打开了末影箱，结果又是空的。

"看来我们不是第一个到这间藏宝室来的人。"布拉德说。

"你觉得会不会是被哈莉拿走了？"茱莉亚问。

"我不知道，但重要的不是谁拿走了，"艾玛说，"重要的是宝物没了。"

"我们得离开这儿，去找末地船。待在这儿会被潜影贝攻击的。"米娅说。

"来不及了！"布拉德大叫了一声，飘到了空中。

第十四章
信任危机

潜影贝围住了他们，不停地发射导弹，这些导弹让他们进入飘浮状态的同时，还会削弱他们的生命值。两只潜影贝攻击了米娅，使她飘浮在紫珀块上。她损失了太多生命值，于是打开工具包，拿出了一瓶治疗药水。她告诉其他人，这是她剩的最后一瓶了，然后飞快地喝下了药水。

"我刚刚把我的工具包补满了，"茱莉亚让她放心，"你可以用我的药水。"

大家都用弓箭瞄准这些潜影贝，但它们真的很难对付。它们只要缩进像紫珀块的壳里，就可以防御一切攻击。所以，当茱莉亚接连消灭两只潜影贝的时候，她开心极了。她蹲下来，躲在一个箱子后面，躲避怪物的攻击，同时又向另一只潜影贝发动了攻击，朋友们也躲在箱子后面向潜影贝发动攻击。

"我们得离开这儿，"布拉德说，"我们这是在浪费时间。"

"我同意，"米娅说，"但我的生命值太低了，我怕被它们的导弹打中。"

茱莉亚递给米娅一瓶治疗药水，说："等你把这个喝了，我们就走。这么打下去没有意义。"

米娅把瓶子里的药水一饮而尽之后，布拉德喊道："我们走。"然后带领大家穿过城堡大厅，朝出口飞奔。

忽然，茱莉亚发现了楼梯。"我们应该从这儿下去。"茱莉亚叫道。

"不行。"米娅说。

"茱莉亚说的对，下面可能是藏宝室。"卡拉说。

"哎哟！"布拉德抱住了自己的腿。他被一只潜影贝击中了。

茱莉亚举弓瞄准，一箭射中了那只潜影贝。

"哇，你可真是个技艺高超的战士！"艾玛说。

"过奖了，我比你差远了。我只是想离开这儿，"茱莉亚说，"跟我来。"

几个人穿过大厅，来到一间房间门口。艾玛第一个走了进去，看见房间里的墙壁上挂满了旗帜。

"这是什么东西？"布拉德问道。他一直盯着地面看，害怕遇见潜影贝。

"我不知道，"米娅说，"不过这不是藏宝室。"

众人又穿过了几个房间，终于找到了藏宝室。这间藏宝室跟刚才的那间一样，也有两个宝箱。米娅冲到普通箱子前打开了它，笑容满面地喊道："钻石！"

茱莉亚跑到末影箱前，俯身打开了这个黑绿相间的箱子，惊喜地说道："哇！这里面都是附魔铁靴。"

茱莉亚和米娅把东西装进自己的工具包，其他人站在那儿，目瞪口呆地看着她们。茱莉亚问道："怎么了？"

"你们真的要把这些宝物全部拿走吗？"艾玛问。

"这不公平。"卡拉说。

"你们可以都拿走，"布拉德说，可是看到卡拉和艾玛对自己翻了一个白眼后，他赶紧又说，"不过我也认为这不公平。我们一起找到了宝物，你们只是第一个打开箱子的人。"

"但这是我们先找到的，箱子也是我们先打开的，"米娅的语气很强硬，"我不放手。"

这时，茱莉亚感觉有什么东西在抵着她的背。她一回头，看到艾玛冷冰冰的钻石剑正顶在自己的后背上，于是问道："你干什么？"

卡拉用剑指着米娅，说："把宝物分给大家，否则，我们就把你们两个消灭掉。"

"你们怎么能这样做？我们可是你们的朋友！"米娅说。

"朋友？你在开玩笑吗？"卡拉又朝米娅走了一步，把剑一横，剑刃贴着米娅的胳膊。

"朋友是不会独占大家共有的宝物的！"艾玛手上略微发力，剑尖都快刺破茱莉亚的背了。

这时，两只潜影贝趁机进入了藏宝室，朝他们射出了一排导弹。一会儿工夫，他们都飘在空中了，而且，每个人都极度虚弱。

茱莉亚看了看米娅，忍不住开口说道："我们之中只有一个人能成为学生代表，而我是最有资格的那个。如果不是我给你治疗药水，你刚才早就被潜影贝消灭了。我是小组里最注重团队合作的人，我应该成为学生代表。"

"听了你现在说的这些话，我一点也不觉得你注重团队合作，"布拉德说，"我认为既然是一个小组，就应该齐心协力，共同进退。"

"你这是怎么了？你以前很友善的。"米娅一边说，一边迅速把手里的钻石剑换成了弓箭，瞄准潜影贝。白色的尾迹从空中划过，大家纷纷闪躲，以免被潜影贝射出的导弹击中。

两颗导弹击中了米娅，她的生命值更低了。茱莉亚又递给米娅一瓶药水，但她不肯接。茱莉亚不明白她为什么不要，说道："你这样会被消灭的。"

"我宁愿被潜影贝消灭，也不想要你的药水。

我还以为你是我最好的朋友。我们一起在学校住了那么多年，我从没看到过这样的你。你总是说你讨厌竞争，可你现在这样子已经不是争强好胜了，你简直就是残酷无情！"

这个词深深刺伤了茱莉亚，言语造成的伤害远比潜影贝的导弹来得强烈。这一刻，她意识到，这场竞赛已经把她变成了另外一个人。

茱莉亚大声道："我太想成为学生代表了，我错了。现在我有一个办法。"

第十五章
末地船

"最好是个好办法。"米娅说着，朝那只潜影贝射了一箭，消灭了它。

"等我们把这些潜影贝消灭了，我就跟你们平分我拿到的宝物。这样一来，大家拿到的宝物数量都相等，我们就可以一起成为学生代表了。"茱莉亚一边说，一边瞄准最后一只潜影贝，射了一箭。

"不知道这样行不行，不过我们可以试试。"米娅说。

"我什么宝物都不想要！"布拉德反对道。

大家一起穿过紫色的大厅，跑出了末地城。

"你必须收下宝物，"茱莉亚的语气很坚决，"你不能害怕演讲！"

"等一下，"米娅叫住了他们，然后从自己的工具包里拿出了钻石，分给大家，"这下我们每个人的宝物就一样多了。"

茱莉亚也分给每人一双附魔靴，然后她看着米娅，说："对不起。"

米娅把这些宝物都放进自己的工具包里，对茱莉亚说："谢谢。我不在乎自己能不能被选为学生代表，但你刚刚的所作所为让我伤心。不过我决定原谅你，希望你以后不要再那么做了。跟当学生代表比起来，友谊要珍贵得多，我本以为你明白这一点。"

"我明白，所以我才想出了这个办法，让我们每个人有相同数量的宝物。"茱莉亚说。

"挺好的，"布拉德说，"你做得很对，米娅也是。"

卡拉大喊了一声："大家快看！"

大家看着卡拉朝码头飞奔而去，在码头的尽头，一艘极其罕见的末地船停在那里。

"我们找到船了！"米娅眼睛亮了。

艾玛从工具包里拿出一颗末影珍珠，把它扔进船里，接着大家上了这艘用紫珀块做成的末地船。

大家爬上甲板上的梯子，俯瞰末地城。茱莉亚感叹道："真是不可思议！"

"我很高兴我们小组被选中来经受这次考验。"米娅说。眼前紫色的建筑，还有这座被末地烛照亮的城市，都让她叹为观止。虽然这片土地充满敌意，但它仍然是一个让人惊奇的地方，末地城的美让他们沉醉。

"我们应该看一下船舱。"布拉德建议。

"这艘船不是很大，所以我们应该很快就能找到宝物。"米娅说。

"看那个龙首！"卡拉叫道。

顺着卡拉的目光，众人这才看见船头挂着一个龙首。

茱莉亚说："我们一定要拿到那个龙首，那是很多人梦寐以求的。"

"我们要怎么分呢？"米娅问，"龙首只有一个。"

"我们可以玩剪刀石头布。"布拉德建议。

"我们可以共享它,"茱莉亚说,"我们把它带回学校,用它来装饰宿舍大门。"

"这个好,"米娅说,"那样的话,大家会一直记得我们,还有我们在末地城的战斗。"

"希望它能激励别人,让大家愿意来末地城看看。"茱莉亚说。

"我们怎么拿到它?"艾玛问。

几个人从梯子上爬了下去,布拉德自告奋勇去拿龙首:"这只能一个人去。不过,如果你们看到我快要摔下去了,请告诉我一声。"

布拉德沿着狭窄的船头慢慢向龙首走去。龙血红的眼睛在船头那一片无尽的黑暗中发着幽幽的光。布拉德停了停,茱莉亚朝他喊:"你能行的,布拉德,我知道你能行!"

虽然有好朋友在鼓励他,但布拉德还是僵在了那儿。他站在船头,低头往下看。

"你要往前看,"米娅说,"再走几步就到了。"

布拉德深吸了一口气，继续沿着狭窄的船头往前走。接着，他小心翼翼地伸出手，抓住了龙首。

"干得漂亮！"米娅叫了起来。

布拉德把龙首放进工具包，转身往回走。回去的时候，他走得很慢，紧紧地盯着自己的脚，一步一步缓缓地往前迈，生怕自己不小心摔下去。终于，他安全地回到了上层甲板，长舒了一口气。

卡拉说："我们应该去找宝物。"

"没错，"茱莉亚表示同意，"找到宝物之后就可以回学校了。"

他们进入船的内部去搜索船舱。第一个房间很小，里面有一个酿造台。米娅一看到酿造台就跑过去说道："我要酿造一瓶治疗药水。"

茱莉亚走到酿造台前，说："这里已经有两瓶了。"然后拿起酿造台上的两瓶治疗药水。

"我也喜欢药水，"艾玛说，"不过我觉得你还是应该等我们回去以后再做，我现在只想赶紧离开这儿。"

"我们得找到藏宝室，"布拉德说，"我听说，末地船上的宝物特别珍贵。"

米娅说："大家别忘了，找到宝物后大家平分。"

"好的。"茱莉亚说着，已经开始搜寻藏宝室了。

"找到了！"卡拉首先叫了起来。

众人赶快来到卡拉所在的房间。茱莉亚低头看向黑曜石地面，看到了两个箱子，其中一个箱子旁边还有一个物品展示框，里面放着一个鞘翅。

"小心！"布拉德叫了起来。一只潜影贝射出的一颗导弹击中了他的腿，让他在这个小小的房间里飘浮了起来。

又一颗导弹击中了茱莉亚的腿。她飘到那只潜影贝面前，在它打开外壳的一瞬间，就迅速拔出了剑，刺入它柔软的头部，把它消灭了。

"潜影贝已经消灭干净了，现在我们可以拿宝物了。"布拉德说。

米娅蹲在地上，打开了其中一个箱子，里面全是金块。卡拉打开了第二个箱子，这个箱子里放的是附魔钻石胸甲。

"不知道我们是能把这些东西留下，还是一定要交给学校。"布拉德把心里话说了出来。

"希望他们能让我们把东西留下。"米娅看着自己工具包里的宝物说道。

"你们什么都留不下来！"突然，一个熟悉的声音叫道。

几个人抬起头，看到哈莉就站在他们面前，一只手拿着药水，另一只手握着钻石剑。

第十六章
宣布结果

"**你**别想抢走我们的宝物！"茱莉亚大喊着，奋不顾身地朝哈莉扑了过去。

哈莉洒出药水，茱莉亚赶紧护住自己，生怕被药力强劲的药水溅到。但哈莉没有把药水洒向她，而是洒在了自己的身上，瞬间隐身了。

"哎呀！"艾玛叫道，"她在用剑攻击我。"话音刚落，艾玛就被消灭了。

米娅还没来得及拔出自己的剑，也被哈莉消灭了。

布拉德想反击，但他每次都扑了个空。他喊道："我找不到她！"

"但是我找到你了！"哈莉叫嚷着，一剑砍向了布拉德。

"不！"茱莉亚急了，现在他们只剩下三个人了。茱莉亚朝她觉得哈莉所在的地方扑了过去，成功地用剑刺入了哈莉的身体。哈莉被激怒了，用尽全力消灭了茱莉亚。

很快，茱莉亚就在宿舍的床上重生了。她迅速起身，翻了翻工具包，看到她的东西都还在，于是松了口气。

"检查一下你们的工具包，看看东西是不是都在。"茱莉亚说。

艾玛翻了一下自己的工具包，确认后说："我的东西都在。我们应该去找布拉德和卡拉。"

正在这时，布拉德和卡拉被推进了她们的宿舍，哈莉就站在他们身后，手里的钻石剑正抵着他们的后背。

"你到底想要我们怎么样？"茱莉亚叫喊着，把药水洒向哈莉。但哈莉躲开了，药水洒到了布拉德和卡拉身上。

哈莉大笑着说："你伤了自己的朋友，干得漂亮！"

"刚才是失误，"茱莉亚说着，狠狠地砍了一剑过去，"但这一下不是。"

茱莉亚这一剑让哈莉的生命值下降了不少。哈莉生气了，朝茱莉亚冲了过去。

艾玛和卡拉也同时向哈莉射箭，再次削弱了她的生命值。布拉德和卡拉身上虚弱药水的效果开始消退，他们的生命值也恢复了，于是他们拔出剑加入了战斗。出乎大家意料的是，露西和艾伦、麦克斯、史蒂夫，还有亨利一起穿过走廊跑了过来。

露西大叫："不要消灭哈莉！

大家放下了武器，亨利对哈莉说："你要回监狱去，不能再在学校里搞破坏。"

"你们别想强迫我回基岩监狱。"哈莉冲他们吼道。

"那你想怎么样，离开监狱？"茱莉亚问道。

哈莉顿了顿，说："对，我想离开监狱。"

"也许露西可以放你出来。"茱莉亚说。

"你在说什么？"哈莉问。

"我觉得，你是因为想到这辈子都不能离开基岩监狱，所以才不停越狱的。如果你只要在监狱里待满一定的时间就可以出来，也许你就不会那么讨厌待在那儿了。"茱莉亚解释。

露西点点头："这是个聪明的办法，茱莉亚。"

茱莉亚有点担心，露西的这句话会不会让她的朋友觉得老师对她偏心。但他们没有这么想，相反，他们都夸她的办法好。

哈莉的钻石剑停在了半空，剑尖仍然指向他们，说："我怎么知道你们是不是真的会放我出来？"

"要是你待在监狱里不生事，我保证你最后一定会回到学校。但我们会一直严密监视你的一举一动。"露西说。

哈莉终于露出了一丝悔意，说："我本来应该跟你们几个一起毕业的，"她看了一眼茱莉亚和她的朋友们，"可现在我还得继续待在学校里。"

茱莉亚差点要说自己甚至嫉妒起哈莉来，因为她希望自己也可以留在学校，但她知道，是时候离开了。她已经在这里待了很长时间，学会了她想要学习的一切。现在，她必须回到冰原群系，继续她的建筑工作了。

哈莉说："我可以回基岩监狱，但是你们要告诉我什么时候才会放我出去。"

"我保证会告诉你。"露西说完，便押着哈莉回她的基岩小囚室去了，她在那间囚室里可以看到在大草坪上举行的毕业典礼，但是她不能和同学们一起参加。

茱莉亚对朋友们说："我们成功了，和哈莉的战斗结束了。"

"我们的末地城之旅也是。"卡拉说。

"可我们没拿到鞘翅。"布拉德遗憾地说。

"等下次吧。"茱莉亚说。

亨利说："我们要去跟露西碰头，然后清点你们的宝物。"

这时，露西回到了宿舍，问道："有人提到我的名字了吗？"

"对，"亨利说，"我们要清点他们的宝物。"

"说到这个，"茱莉亚的眼睛看着地上，她很担心自己会因为改变规则而受到惩罚，"没有必要清点，我们之间没有第一。"

"为什么？"露西一脸困惑。

布拉德解释："我们的宝物数量均等，我们是一起找到的，所以大家平分了。"

"哇！"麦克斯惊呼，"用这种方式完成这场考验倒是相当公平的。"

"对，"露西说，"团队合作很难，放弃展现个人能力的机会更难，但你们用自己的实际行动证明你们合作得很成功。看来我不能选这个学生代表了。"

"什么？"布拉德吃惊地说，"不，您可以通过别的方式评选出一个学生代表。"

"不，我不能选。"露西说，"你们都应该在毕业典礼上发言。"

"我们所有人吗？"布拉德问道。

"对，"露西说，"有什么问题吗？"

"没有，没问题。"布拉德假装平静地回答，其实他的心跳得很快，额头上沁出了汗珠。

　　露西向他们建议："你们可以一起写一篇演讲稿，每人选一个关键词描述你们在《我的世界》学校度过的时光，然后在毕业典礼上和大家分享。"

　　"我们只要说一个词就行了？"布拉德问。

　　"我希望你们选出一个最重要的词，然后解释一下为什么选择这个词，"露西说，"说多少都可以。"

　　布拉德松了一口气。

　　茱莉亚的心跳又开始加速了。她的脑子里一片空白，一个合适的词都想不出来，可毕业典礼只剩几天就要举行了。

第十七章
毕业演讲

"这个是你的吗？"正在收拾东西的米娅举着一把铜剑问。

"不是，可能是艾玛的。"茱莉亚回答，继续在房间里踱步。

"你不收拾东西吗？"米娅看到茱莉亚那儿堆满了箱子，还没开始打包。

"我没心思收拾，我还在想我的演讲稿。"茱莉亚说。

"你是不是觉得，想出一个能描述自己在《我的世界》学校里的全部经历的词很难？"米娅问。

"我不是觉得想出一个词很难。我的问题是，我想到的词太多了，不知道该选哪一个。"茱莉亚解释。

　　"没准我可以帮忙，"米娅停止了收拾，站在自己的床边一边叠羊毛毯一边说，"要不你把想出来的词念给我听，我来帮你选一个，怎么样？"

　　"我没法念。"

　　"为什么？"

　　"我想了三百多个词。"

　　"真的吗？有三百多个？"

　　"对，"茱莉亚顿了顿，说道，"要不我把我最喜欢的词念出来吧。"

　　"好的。"

　　"专业技能、创造力、难忘、改变人生，"她停了下来，问道，"你觉得'改变人生'是一个词还是两个词？"

　　"应该算一个。"米娅说。

　　茱莉亚继续往下念："不可思议、意义重大、友谊……"

　　米娅打断了她："前面的词类型都差不多，听到现在，我觉得最好的词是'友谊'。谁都知道，我们可以在课上学到专业技能和如何提高创造力，但有一些东西很难学到，比如，怎么和朋友相处。我知道这个听起来很简单，好像是人最基本的能力，但实际上并不是这样。"

"我明白了，"茱莉亚一下子想起了很多事，"还记得在末路之地发生的事吗？我想独占所有的宝物。"

"是的，不过你马上意识到了这样做是不对的，最后我们把问题解决了。"米娅说道。

茱莉亚回想了一下他们的对话，说："你说得对，我应该选'友谊'这个词。"

米娅走向壁橱，继续打包她的东西。茱莉亚则开始写她的演讲稿。她的大脑飞速运转，她想写一篇能让所有人记住的演讲稿。她一边写，一边看着米娅打包。

她一定会怀念在《我的世界》学校学习生活的时光。

这时，卡拉、布拉德和艾玛走进房间，卡拉宣布："我终于把我的演讲稿写完了，是关于友谊的。"

"友谊？"茱莉亚的声音低了下去。

"对，"卡拉说，"你们想听吗？"

茱莉亚解释说，她刚才也在想以友谊为主题发表演讲，又补充说："不过没关系，我还没开始写。"

她走出房间，去校园里转转寻找灵感。在经过基岩监狱的时候，她看到哈莉正盯着窗外出神。

"嘿，哈莉。"茱莉亚透过栏杆朝监狱里喊。

哈莉笑了，她拨开落在脸上的蓝色头发，问："你是来看我的吗？"

"对，我想跟你道别，明天就是毕业典礼了。"茱莉亚说。

"你当上学生代表了，是不是？"

"我们几个都当上了。"

"真想快点听听你会说什么。"哈莉笑了笑。

茱莉亚离开监狱后，一直在想着哈莉。她从来没想过自己会跟哈莉好好聊天，但刚才她这么做了。茱莉亚沿着学校外围的湖边走，思考着一件事：《我的世界》学校是如何让一个人发生真正的改变的？学生们通过学习，在离校时都成了各自领域里的专家。但还有另一种改变，是比学会怎么建造建筑或者怎么酿造药水更深层次的改变。

茱莉亚知道她要在毕业典礼上说什么了，不由得手舞足蹈起来。

第二天一早，学校里就忙碌了起来，大家都在为庆典做准备。布拉德一看见舞台就慌了神。茱莉亚发现了这一点，于是朝他走了过去。

"肯定没人听我说话，因为我太紧张了。心跳声那么响，我说什么他们都听不到。"布拉德说话的时候，声音都在颤抖。

"你肯定会说得很好的，"茱莉亚说，"我知道。"

"要不你第一个说吧，"卡拉建议，"早点说完早点轻松。"

布拉德勉强同意了第一个发言。就在这个时候，露西把他们喊上了台。

"这几位就是学生代表，他们还无私地捐出了他们在末地船上找到的龙首。以后，龙首会被安放在宿舍门口的走廊的墙壁上。"露西一边说，一边朝那个巨大的龙首看了一眼。现在它被暂时放在宿舍楼大门外。

布拉德第一个演讲。他先深吸了口气，说："露西校长让我们每人选一个词来描述我们在《我的世界》学校度过的时光。我选的词是'鼓励'。老实说，我特别怕公开发言，我相信你们现在也看出来了。我本来不想站在这儿，但我在这儿遇到的朋友一直鼓励我去尝试，要我抓住机会。我很高兴我照他们说的做了，不管是公开发言，还是学着去建造我不熟悉的东西，比如农场里培育蘑菇的房子。我在这儿学到了很多，我会永远感谢《我的世界》学校。即使我离开了这儿，我也会记得，当被恐惧束缚住的时候，最好的解决办法就是去尝试，然后从行动中获得成长，这是唯一的办法。谢谢大家，谢谢你们给我的鼓励。"

台下的人群欢呼了起来。

接下来，艾玛站在台上开始演讲："我的演讲跟布拉德的很像，我选择的词是'勇气'。和布拉德一样，是老师们和同学们一直鼓励我，我才学会了勇敢。我是一个时刻准备战斗的战士，但是我曾经也害怕过战斗。朋友们都教我要勇于重新开始战斗，即使这并不容易。有好几次，我在战斗中身体一动也不能动。但在他们的鼓励下，我坚持了下来。要是没有他们，我就不可能站在这个台上。谢谢！"

大家使劲鼓掌。这时，卡拉也走到了台上，"我选择的词是'友谊'。我在这里收获的友谊比我学到的任何技能都更珍贵。曾经，我们的友谊面临危机，我们开始互相竞争。所幸最终，我们的友谊经受住了考验。谢谢！"

台下爆发出了一阵欢呼声。当米娅开始念她的演讲稿时，全场又安静了下来。

米娅说道："能被选为学生代表，我想感谢你们每一个人。我选的词是'团队'。我是到这儿之后才学会怎么跟团队成员相处的，也懂得了团队合作的真正含义。来这所学校前，我是一个炼金术士，总是一个人埋头苦干，再把我酿造的药水卖给过往的旅客。

在这儿，我学会了和大家一起参加竞赛、一起上课。老实说，在来这儿之前，我以为我什么都懂。那时候，我真的不知道自己还有什么可学的，也不知道这里的人还能教我什么。但是，当我见到这里的老师，见识到高超的药水酿造技能，我马上明白，自己还有很多东西可学。我还培养了其他兴趣爱好，现在我不仅是一个炼金术士，还是一个农夫。以前我从没想过自己会成为农夫，谢谢你们让我有了这样的体验！"

茱莉亚是最后一个发言的。她深吸了一口气，等欢呼的学生们安静下来后，开始了她的演讲："选词的时候我纠结了很久，事实上，我有三百多个词备选，只选出一个，真的很难。最后我选的词是'成长'。在过去的这几个月里，我满脑子想的都是学校生活要结束了。但我真的太喜欢这里了，真想永远都不离开。我意识到，我在学校学到的最重要的一项技能就是如何成长。我的技能得到了强化，但最重要的是，我们都成长为更优秀的人。我知道，离别很艰难，但这也是成长的一部分。我很高兴能来这里上学，我会想念你们每一个人！"

欢呼声震耳欲聋，大家都迫不及待地要在毕业典礼上庆祝了。茱莉亚很想留在学校，但她知道，主世界还有新的冒险在等待着她。

第十八章

难忘的回忆

杰米对茱莉亚说："你讲得很好。我觉得对我们大家来说，要往前走都不容易。我们都会想念这所学校的。"

卡拉朝茱莉亚跑了过来，说："好消息！"

"什么消息？"茱莉亚需要好消息冲淡内心的苦涩。尽管这是一场欢庆会，但她心里却苦乐参半。

"艾玛和米娅想到了一个极好的主意。"卡拉笑着说。

艾玛和米娅也跑了过来，艾玛问："卡拉告诉你了吗？"

"还没有。"茱莉亚急着想知道好消息是什么。

米娅说："我们在计划毕业旅行，打算去丛林寻宝，你一定要参加。"

"真的吗？"茱莉亚一脸兴奋。离开这里以后，她一定会很想念朋友们，幸运的是，她现在又能多和她们相处一段时间了。

"我可以去吗？"杰米问。

"可以，人越多越好玩。"米娅回答。

"我们还要邀请布拉德。"茱莉亚说。

"邀请我去哪儿？"布拉德走了过来，他端着一个盘子，里面是满满一盘的曲奇饼干。他把盘子递过来，让每个人都拿了一些。

"我们要一起去丛林寻宝，"茱莉亚解释，"作为我们的毕业旅行。"

"旅行几天？"布拉德问，"我其实已经有了工作，必须开始做了。"

"我也有。"米娅跟大家说起，她受雇要在主世界各地建造各式各样的农场。

艾玛说："这次探险不会花太长时间，不过肯定会很有意思。"

"我加入。"布拉德笑了，低头咬了一口曲奇饼干。

露西走向他们："看到你们要走，我很难过，不过我很高兴你们能来学校。我会永远记住你们的！"

"我们会永远记得在这儿度过的美好时光。"茱莉亚说。

艾伦、麦克斯和亨利也过来了。亨利宣布："我算出你们的期终考试成绩了。"

"希望我们没有不及格，要不然我们还得在这儿多读一年。"茱莉亚开玩笑道。

"大家都通过了。你们对付末影龙时表现出的战斗技能让我刮目相看。"亨利表扬了他们，"我猜你们在末路之地也用上了这些技能。"

"是的，用上了，"茱莉亚说，"不过卡拉才是最后消灭末影龙的人。"

卡拉脸红了，说："要不是茱莉亚摧毁了所有的末影水晶，我也做不到。"

露西说："我也要祝贺你们通过了期终考试。你们的末地之旅表现得很出色，你们的成绩让我很是欣慰。现在我宣布，你们都拿到了A的好成绩！"

露西把毕业证书发给了他们。茱莉亚朝朋友们笑了笑，然后把自己的毕业证书放进了工具包。她想，等毕业寻宝之旅结束，回到自己在冰原群系的雪屋后，她要把这张毕业证书贴在墙上，回味她在《我的世界》学校度过的美好时光，还有学生时代那些精彩的冒险经历。

茱莉亚看着大草坪，同学们都在那儿一边享用毕业大餐，一边庆祝毕业。在《我的世界》学校度过的这几年，将成为她毕生难忘的回忆。